백합의 지옥

민음의 시 ● 325

백합의 지옥

최재원 시집

민음사

자서(自序)

　이름은 미로의 여러 갈래 길마다 현판처럼 붙어 있었고 모두는 이름을 얻기 위해 달콤하고 망각적인 이름을 얻기 위해 미로에 뛰어들었다. 그들을 자신에게 귀속시켰고 그들은 그들에게 기꺼이 구속되었다.

　(웃음)
　그곳의 다른 이름은 없소?
　(말없이 태어나 말없이 소멸했어)
　그대여 가는 길 묻지 마오
　(여전히 서로를 모르지만 분명히)
　누구의 눈 닿지 않는 곳도
　(눈을 마주쳤어 끝없이 안녕 안녕)
　침입하며 태어나는 그대로
　(영원히 불투명한 이방을 위하여)
　그대여 담담히 맞이하시오
　(영원히 불투명한 이방을 향하여)

2024년 11월
최재원

차 례

목련나무 아래에서

geodesics

별늪

소년의 가죽

세상의 죄를 사하러 온 백숙

목련은 죽음의 꽃

푸가

태양의 탄생

시는 언제나 뜬 눈일 것

목련나무 아래에서

1장

    칠이 벗겨진 울타리. 붉은 녹으로 뒤덮인 문. 언덕 한쪽, 둥치만 남은 목련나무 아래 누군가 축 늘어져 있다.

〔나〕 설마
그럴 리 없어

2장

그의 정중앙에 굳게 박힌 가시가 믿을 수 없을 만큼 날카롭다. 가시의 반대쪽 끝이 녹아들듯 사라져 보이지 않는다. 어찌할 바를 모르고 허둥대다가 머뭇거리며 한 걸음 다가가 그것을 뽑아내려 한다. 가시는 박힌 채 꼼짝도 하지 않는다. 비틀거리며 물러서다가 그의 몸에 걸려 넘어질 뻔한다. 무너지듯 주저앉는다.

〔나〕 아아 나의 블랙홀, 나의 영원한 밤이여
밤의 밤, 늪의 늪, 사랑이 넘쳐 놓을 줄을 모르지!
어설프고 무모한 내 마음조차
끝없이 삼켜 내던 네게 어떻게 이런 일이!
용서하지 않겠다, 범인을 찾아내어
그 심장에 이 가시를 똑같이 꽂아 주겠다!

그때 블랙홀의 발치에 스멀스멀 피어나는 곰팡이를 발견한다. 비탄에 잠겨 잘 나오지 않는 목소리를 쥐어짜 묻는다.

〔나〕 나의 블랙홀을 죽인 자를 보았습니까?

16

3장

〔곰팡이〕 낯선 땅에서 헛되이 이름을 구하는 자여
작은 호수조차 그 끝이 보이지 않는다네
구름 뒤에 해가 없다고 할 자 그 누구랴

초여름의 달콤한 피와 땀은 제풀에 취해
익어 가고 그보다 나를 고양하는 것은 없으니
나는 공기를 떠돌다 그 냄새를 맡았지

분열할 수 있는 무한한 기회와
의식의 뿌리를 내릴 수 있는
축축하고 비옥한 토양 감미로운 피

오리는 제 뒤통수를 볼 길이 없어서
나는 그에게 하얀 털 왕관을 씌웠네
구름의 눈물에서 전율이 흐르네

끝없는 줄다리기는 황량하고 미련하지
어둠의 늪 암흑의 골짜기 대신 저기 저
생동하는 삶을 보라 꼬랑지를 말아 붙이고

떨어질 듯 말 듯 계속되는 저 춤을
　 망각에 몸을 맡긴 저 불사의 춤을
　 탐욕에 번쩍이는 저 세 쌍의 눈을

　 곰팡이가 짝짓기 중인 실잠자리들을 가리킨다.

4장

〔실잠자리 1〕 방해 마 바쁜 거 안 보여?

〔실잠자리 2〕 좀 쉬었다 가죠

〔실잠자리 3〕 그래그래 셋은 너무 무거워 날개가 찢어질 것 같다구! 오늘 너무 무리했어 지난번에 다섯은 괜찮았던 것 같은데 말이야 참 그땐 오각형의 구조였지!

〔실잠자리 1〕 쯧 딱 좋은 순간에

〔실잠자리 3〕 그래그래 다른 게 눈에 들어올 리 없잖아 안 그래? 그나저나 가시 따위로 블랙홀을 죽일 수 있단 말이야?

〔실잠자리 1〕 쯧

〔실잠자리 2〕 음 삼가 조의를 표합니다만 도움이 될 만한 건 보지 못했어요 저기 그늘에 누워 있는 여름에게 한번 물어보세요 더위를 많이 타서 늘 거기서 빈둥대니까 뭔가를 목격했을지도 몰라요

5장

〔여름〕 잘 왔다! 자네 도주 중인 악당 놈을 보았나? 그 놈이 바퀴벌레알을 다 죽여 버렸다고! 뭐? 가시로 블랙홀을 살해한 놈? 흠, 적어도 그놈은 이놈과는 달리 배짱 한 번 두둑하군! 내가 말하는 놈은 가시가 아니라 독을 가졌어, 독! 얼굴을 마주 보고 가시를 찔러 넣는 건 용감하기라도 하지, 정정당당하게 대결하지는 못할망정 독살이라니, 겁쟁이 같으니라고! 바퀴벌레알로 구슬치기하려던 참이었는데 (아, 그런 건 걱정 말게, 다 서로 합의하에 즐겁자고 하는 일이니까, 알한테 물어보면 알 거 아냐!) 하나같이 흐물흐물해서 굴러가지 않더군! 냄새를 맡아 보니 독이 분명했어! 정말 못 봤나? 젠장, 위장에 능한 모양이군! 저기 저 시끄러운 어중이떠중이 떼거리에 정신이 팔리지만 않았어도 그 새빨간 다리를 현장에서 붙잡을 수 있었는데! 수많은 다리를 흐느적대며 내빼는 모습이 아주 가관이었어, 가관! 붙잡아 봐야 오리발을 내밀 게 분명해! 비겁한 놈! 아니, 난 가시 가진 놈은 못 봤다니까! 내가 왜 그런 놈을 알 거라 생각하지? 게다가 가시라면 여기저기 널린 게 가시 아닌가! 이를테면 저놈의 떼거리도 가시 돋친 말뿐이고, 그러고 보니 자네도 가슴속에 가시가

가득하군! 실은 자네가 블랙홀을 죽이고 관심을 다른 데로 돌리려는 것은 아닌지? 우하하하! 흥분할 깃까지야, 농담이야, 농담! 얼굴이 시뻘게지는 걸 보니 어디 찔리는 데라도? 우하하하! 아니, 농담도 못 하나? 자네, 의외로 바퀴벌레알만큼이나 가지고 노는 재미가 있군, 블랙홀 같은 건 잊고 여기서 말동무나 해 줘! 이미 죽은 걸 뭐 어쩌겠나? 젠장, 맘대로 해! 난 못 봤다고! 답답하다, 답답해, 이렇게 말귀를 못 알아듣는 미련한 놈이랑 뭘 하겠어! 아아, 안 그래도 더워 죽겠는데 저 무뢰한들은 정말이지 불철주야 지치지도 않고 지껄이는군! 쓸데없이 부지런한 놈들이야! 아무리 좋은 말도 되풀이하면 의미를 잃는다는 것을 모른단 말인가? 그런데 자네 정말 그 독살범 놈을 못 봤나?

6장

〔무뢰배 떼거리〕 높이 더 높이! 빨리 더 빨리!

마라샹궈도 나쁘지 않은 아이디어군

조용히 좀 해

안 나, 안 나, 안 나, 기억도 안 나

구더기는 다 귀가 멀고 말았어

블랙홀이라고 했나

나약한 자들이여 믿음을 가져라

태어난 곳이 다르고 생김새가 다르고

주어진 것과 빼앗긴 것이 다르다 해도 결국에는 ─

통통한 포도 통통한 포도 겉은 똑같아도

하나하나 따 먹을 때마다

다 다른 맛이라구

쪽쪽 빨아 먹을 거야

(아직도 구원에 현혹되는 자들이 있단 말인가? 쯧쯧,
나를 봐 모든 안식은 내 안에 있는 것을, 정말 고요하지
않은가? 에잇 나를 알아보지 못하다니)

거스러미를 뜯어도 손이 남아 있는 한

며칠 몇 주가 걸려도 떼 낸 살이 다시 차오르지

어디 봐

꼭 봐야 믿겠니?

가시……

(이런 곳이 낙원이라니……)

봄이 오기가 무섭게 곰팡이가 피어나는 지하실에서든 성벽 속의 방 세 개 화장실 두 개에서든 같은 생각을 할 수 있다는 정신 나간 착각을 했지만 그래도 소프트아이스 크림의 하얀 살결과 거기에 진 부드러운 명암을 보면 희망이 부풀고 가슴이 뛰곤 했어요

일단 사인부터 하십시오

시끄러워 시끄러워 시끄러워

피고인 목소리 낮추세요

— 모두가 한목소리로 노래하는 곳

그곳에서 우리는 영원한 —

아! 특출나게 뾰족한 가시! 돌연변이 자라가 가지고 있지!

(자라가시 자라가시 자라가시)

반을 접고, 반을 접고, 또 반을 접고

자라가시 자라가시 자라가시

대각선으로 한 번 접고,

돌연변이! 돌연변이!
접은 선들이 희미해질 때까지 계속 접어야 해
네 그렇습니다 저는
저는 잘못해서 다른 에스컬레이터에 끼었을 뿐입니다
마라샹궈 마라샹궈 마라샹궈
닥쳐
자라가시 자라가시 자라가시 자라가시
닥쳐!
마라샹궈 마라…샹궈…마 라 샹궈어어어

7장

〔자라〕 …내가 돌연변이라니…사실 내가 물에 질린 건…단정적으로 말할 수는 없지만 아마 사실일지도 모른다는 생각이…계기라고까지 생각한 건 아니라는 생각도 들지만…잔잔한 것 같아도 사실은 가만히 있는 법 없이 심해의 미세한 진동까지 다 전하고…몸에 너무 찰싹 붙는 게…그렇게까지 적극적으로 가깝게 다가오니 좀…당황스럽다는 생각이 든다고 해야 하나…나로서는 오히려 다들 왜 그것에 별생각이 없는지 의아한 생각이 들다가도 그렇다고 꼭 그렇게 단정적으로 생각할 일은 아니라는 생각이…그 문제에 대해 다들 저마다의 생각이 있을 거라는 생각이…그런데 돌연변이라니…그 문제에 대해 그렇게 단정적인 생각은 안 했지만…생각해 보니 또 그런 것이 분명한 것 같기도 하다는 생각이 드는데…그 긴 발톱이 나기 전에도…이래저래 자라로서는 어색했음이 분명한 사실임이 비록 단정적이지는 않지만 분명하다고 생각했던 것 같기도 한데…그렇지만 보다시피 그 발톱은 이미 잃어버렸어요…잃어버렸다기보단…부끄럽지만…좋은 일을 하려다가…그러니까 거의 익사할 뻔한 민달팽이를 구해 주려다 발톱이 그렇게 되고 만 것인데…고맙다는 소리를 들

으려고 한 일은 아니라고 생각하긴 하는 것 같지만…민달
팽이가 아무 말도 없이 서둘러 가 버려서 조금은 슬펐지
만…그래도 익사는 막았으니 슬퍼할 일은 아니라고 마음
을 다잡아 보려 했지만…

8장

〔민달팽이〕 난 익사할 뻔한 적이 없습니다
그 자라가 그랬다고요?
그것은 시각의 차이라고나 할까

난 물 위를 걸은 겁니다
꼴사납게 버둥거리거나 하는 짓은
하지 않았다 이 말이에요

어느 날 눈을 떠 보니
온몸이 딱딱하게 굳어 있었습니다
소스라치게 놀라 녹여 보려고
기를 써서 물가로 갔어요
아차 하는 순간 물속으로 떨어지고 말았는데
몸이 그 어느 때보다도 가볍지 않겠습니까
물 위를 미끄러지듯 걸으며 몸을 녹였죠
마법에서 풀린 것처럼 다시 부드러워지긴 했는데
여전히 아무런 감각이 없었습니다

낙담하던 차에 그 자라를 발견했어요

처음엔 달이 물에 떨어진 줄 알았죠
껍질 속에 온몸을 말아 넣고
노란 배를 위로 하고 둥둥 떠서
삐져나온 뾰족한 발톱 하나로
노를 젓듯 배영을 하고 있더군요
이윽고 자라가 내게 다가왔습니다

이 자라에 대한 소문은 들었죠?
괴상하고 잔혹하고 심지어
자신이 자라가 아니라고 생각한다고!

갑자기 어떤 생각이 날 사로잡았습니다
난 물에 빠진 척 첨벙이며 자라가 날 잡아먹기를 기다
렸죠
이에 으깨질 때 비로소 뭔가를 느낄 수 있을 것 같다는
직감이 들었달까
그런데 그 자라가 긴 발톱을 뭍에 대더니
내게 그걸 붙잡고 올라가라지 뭡니까 이거 참
그가 어찌나 어색한 웃음을 짓던지

나는 반사적으로 순순히 따랐지만
계획이 틀어졌다는 사실에 실망했어요

그때였습니다 그 길고 날카로운 발톱에
살이 베이는 느낌이 든 것이!
감각을 되찾은 것입니다!

난 그 가시가 필요했어요
온 힘을 다해 그의 발톱을 끊고
그것을 몸에 꽂아 넣은 채 달아났습니다
자라는 오히려 잘됐다고 여기는 눈치더군요
쫓아오거나 그러지는 않았습니다
가시에 찔린 곳이 기분 좋게 따끔거렸습니다

난 그 이후로 무감각해질 때마다
여기저기를 가시로 찔러 댑니다
이렇게 하지 않으면 언젠가
돌이 되어 버리고 말 거예요
보세요 바로 여기에 가시가 ──

9장

그가 말을 하는 동안 나는 몇 번이나 지금 당신이 돌로 변하고 있다고 알려 주려 하지만 끼어들 적당한 기회를 찾지 못한다. 몸에 꽂힌 가시를 보여 주려고 몸을 일으키다 가시가 사라져 버린 것을 발견한 순간 눈이 경악으로 휘둥그레진 것을 마지막으로, 그는 긴 기둥으로 굳어져 버린다. 단단한 기둥에서 기묘한 검은빛이 새어 나온다. 빛을 발하는 것의 형체는 알아보기가 어렵고 그 어두운 속삭임은 조각조각 끊어져 잘 들리지 않는다. 블랙홀에 꽂힌 가시의 보이지 않던 반대쪽 끝이 검은빛을 받자 언뜻언뜻 반짝인다. 그때.

가시가 한숨과 함께 입을 연다. 괴로움에 가득 차 있으나 평온한 목소리다.

〔가시〕접니다 제가 한 짓입니다

10장

〔가시〕 살아남기란 쉬운 일이 아닙니다 실존하는 허상의 가시라면 디디욱

별들을 보십시오 둥글지 않은 모양이 하나라도 있습니까 끝이 뾰족한 궤도가 있습니까 빛조차 방향을 틀 때 곡선을 그려야 합니다 그러니 세상이 저를 가만히 두었겠습니까 기회가 있을 때마다 안팎으로 잡아 뜯고 갈아 내고 줄이고 깎고 파괴하려 했습니다

아십니까 삼각형은 가상의 도형이라는 것을 모든 도형은 상상 속의 존재라는 것을 모든 위치는 근사치라는 것을 현실에 실재의 점이란 없다는 것을 오로지 무한한 수의 점들만이 하나의 위치를 차지할 수 있으며 그 역시 근사치라는 것을 그대는 근사치의 세계에 살고 있는 것입니다 그리고 그 세계에 저와 같은 실제의 가시의 자리는 없습니다

저는 장미 가시나 자라 발톱 따위를 전전하며 몸을 숨겨 왔습니다 민달팽이에게까지 이르러서는 그의 살을 적

당히 찔러 주기 위해 최선을 다하며 악착같이 생존해 왔습니다 무엇을 기다리는지도 모르면서 저는 기다리고 또 기다렸습니다 그러다 마침내 저 목련나무 아래에서 쉬고 있는 블랙홀을 발견한 겁니다 저는 자신을 보존하기 위해 이곳으로 뛰어들 수밖에 없었습니다

여기서라면 안식을 찾을 수 있겠노라 생각했습니다 그러나 그조차도 저의 단일한, 허구의, 실제의 뾰족함을 견딜 수 없었습니다 그처럼 거대하고 질기고 무거운 자조차 미약한 비눗방울처럼 터져 버리고 만 것입니다

세상은 노래를 부르며 목련 향기로 부풀어 오르는데 저는 오로지, 모든 것을 터뜨리고 모두는 저를 조금씩 뜯어내고야 말 것입니다

11장

    무게도 속도도 위치도 알 수 없는 새로운 감정과 감각에 사로잡힌 나는 체념하는 가시를 홀린 듯 손에 쥔다. 이번에는 그의 검은 잔해에서 가시를 쉽사리 빼낸다.

뒤섞인 계절
뒤바뀐 밤낮
두서없는 꽃

낯선 피 축축한 몸
다시금 꿈틀대는

시작과 끝 없이
솟는 무형의 행렬

이름을 몰라
볼 수 없고
이름만 알아
볼 수 없는
우리는 함께

가시를 삼킨다

허수의 계단을 오르리라
추상에서 너는 자유로우리니
상징에 불과한 자유를 거부하고 우리는
하염없이 내려가는 계단을 오르리라

geodesics

geodesics

그는 참을 수 없이 아름다웠다.

그는 참을 수 없이 아름다웠다. 그의 눈동자는 따뜻한 실내의 오렌지 조명 속에 어둑어둑한 헤이즐브라운으로 젖었다 소리 없는 밤 낮고 깊은 로엄버로 느릿느릿 가라앉았다. 아침의 푸른빛이 기울어져 들어오면 레몬 섞인 에메랄드로 조용히 떠오르다 시나바그린, 바래듯 밝았다. 동공을 감싼 홍채 안쪽의 원은 영원히 꺼지지 않고 은은히 불타는 번트시에나, 촘촘한 방사형 선들은 까망에 가까운 테일로그린, 흰자위를 만나는 바깥쪽 원은 햇무리를 두르고 차가울 대로 차가워 투명해지는 울트라마린. 그의 눈은 달았다. 구름과 용서가 없는 한낮의 태양이 혀를 내두르면 그는 하양이 거칠게 섞인 무심한 코발트블루로 달아올랐다.

윗입술과 아랫입술이 닿으며 이루는 선은 가운데 수줍은 꼭짓점에서 출발해 정삼각의 경쾌한 각도로 솟았다가 직선과 곡선 사이를 게으르게 오가며 아래로, 느릿느릿 가로 뻗어 나가다가 예상치 못한 변곡점을 만난 함수처럼 무기력하게, 갑작스럽게, 아찔하게 눈웃음을 치며, 가장자리의 가장 끝에서 보일락 말락 위로 짧게, 조금 꺾였다. 포롱포롱 작은 새의 앙증맞은 부리는 수천 년을 흐른 강의 무던한 물길이 되었다가 이내 짓궂은 유희가 되었다. 조금만 더 급하게 꺾였더라면, 조금만 덜 치솟았더라면, 조금만 더 길었더라면, 그랬다면, 입술에 조롱조롱 달린 지각없이 찬 웃음도, 그것을 짓이기고 싶은 맘도, 그것에 짓밟히고 싶은 맘도 없었을 텐데, 그랬을 텐데, 그랬다면, 그랬을 텐데. 그것은 사과하지 않는 온전한 자신, 누구도 심문할 수 없는, 다그쳐지지 않는, 어떤 것도 필요로 하지 않는, 단지 그, 대로 포개진 두 개의 세상. 세상 사이에는 혀가 있다. 혀에 대해서는 말하지 않기로 하자. 혀는 안과 연결되어 있다. 그러므로 혀에 대해서는 말하지 않기로 하자.

　그는
　　참을
　　　수없이
　　　아름
　　　　다웠다

그의 눈동자는 따뜻한 실내의 오렌지 조명 속에서
어둑어둑한 헤이즐 부드럽게
젖었다 밤 소리 없는 밤이
깊고
　낮은
　　로
　　　엄버
조용히
가라앉았다 아침의 푸른빛
기울어져 들어오면 에메랄드
　레몬
　　시나바
　　　바랜 듯
밝았다 불타는 원은
동공을 감싸고
　시린
　　시에나
촘촘한 방사형 선들은 까마득히 까만
　테일로

그린 듯 테두리에 햇무리를 두르고
차가울 대로 차가워 투명해지는
　울트라
　　마린
　그의 눈은 달았다
　구름과
　　용서가
　　　없는
　　　　한낮의
　　　　　태양이
　　　　　혀를
　　　　　　내두르면
　　　　　　그는
　　　　　　　거칠게
　　　　　　　섞인
　　　　　　　하양
　　　　　　　　무심한
　　　　　　　　코발트
　　　　　　　　블루

달아
오르는
그의
눈은
한
세계의
사계
흐트러짐
없이
흐르는
다만
한
장의
풍경

    너의 블랙 포인트는 페인즈그레이. 물을 잔뜩 묻혀 흔들어 주면 인디고와 터쿠아즈, 별빛 스치는 바이올렛으로 부드럽게 풀어질 테다. 풀어진 색들을 나는 빨아들일 테다. 빨아들인 색들로 너를 그릴 테다. 그리하여 너의 색을 잃을진

대 나는 한 움큼의 후회도 없으리라. 그리하여 마땅하리라.

　속 없는 새벽이 다리를 질질 끌고 다가오면 너는 실버골드, 옅고 채도가 낮은 그레이그린. 그레이그린 테라베르테. 아 테라베르테! 모든 녹색의 정점을 지나 갓 떨어진 가을의 첫 번째 낙엽, 파랑이 떠날 일만 남은 잎, 숨을 거두기 전의 숨, 파랑, 파랑, 너의 떨림은 단단히 밀려오는 새벽의 운명, 파랑, 61헤르츠, 볼 수 없는 너의 떨림은 볼에 닿는 수줍음으로만 알 수 있어, 너로 인해 나는 보이지 않지만 단단한 운명을, 새벽을, 손에 쥘 수 있어, 파랑, 파랑, 닫히고, 열리고, 닫힌다, 너는, 영원한 회색에 상처를 내고 만 말간 얼굴의 연두, 아아, 그것을 무엇이라 부른단 말인가! 절망한다! 절망한다! 말할 길 없어서, 절정에 닿았다 처절, 하는 미를 말릴 수 없어서, 뒤돌아보지 않고 돌아가는 슬픔을 막을 수 없어서, 벗어 잘라 내는 가장자리조차 잡을 수 없어서, 미, 마침내 색을 모두 잃고 잎가루를 날리며 볼품없이 부서진다. 아름답다는 말은 끝났다 그러니 제발, 다른 말을 내게 줄래? 모든 색은 마침내 잠잠해진다. 조금의 방해도, 조금의 불결도 없이. 의미는 더는 떨지 않고 뜻을 잃는다. 앞과 뒤의 구분이 없는 곳에 다만 너는 숨김없이 펼쳐질 뿐. 그것은 욕심 없이, 자각 없이. 뒤에는 아무도 없이. 너의 모두가 앞이다. 모두가 너의 앞이다. 너의 모두가. 오직 너만이 그-이곳에. 내가 끝나는 바로 그-이곳부터

너는

시작된다

너는 참을 수 없이 아름답다 너의 눈동자는 뜨거운 오렌지 젖어드는 밤 가죽이 벗겨진 밤 가라앉는다 새벽의 푸른빛에 뺨 붉힌 밤 바랜다 시나브로 너는 밝는다 타오른다 얼어 버린 울트라마린 깨진다 투명하다 너의 눈은 달다 눈동자 용서는 없다 태양의 혀 폭발한다

너는 거칠게 섞인 질투 너는 너는 달아올라 반짝이는 속눈썹 가지런한 풀잎 애쓰지 않고 결정한 이슬 피지 않는 장미 숨 쉬지 않는 물 피 살 여린 두께 어린 꽃잎 조금의 압력도 없이 공기를 끼워 들어야 하는 그 두께를 지켜 줘야 해

> 나는 여럿이 되어 그를 바라보았다.

나는 위험했다. 나는 위험에 처했다. 조각조각 날 수밖에
없다. 갈라진 숨을 모아 새로운 것을 선택한다. 선택한 것이
된다. 나는 그를 위한 안. 그는 나를 감싸는 안. 나는 너의
모든 밖을 삼키는 밖의 안. 안을 위한 밖. 나는 안을 끄집어
낸다. 나는 안을 바짝 세워 깊이 뿌리를 박아 넣고 움직이지
않는 너를 먹는다. 나는 너를 위한 채찍의 가느다란 혀. 그것
은 안에서 출발해 밖을 거닐다 꽃잎들을 하나씩, 떼어 낸다.
하나도 다치지 않,도록. 나는, 너를 상하게, 하지 않아.

너는 이제 눈을 떠.

그것은 말없이 나의 눈을 감긴다.

일어서. 일어서서 이리 와, 나의, 꽃. 그가 끝나는 그, 곳
에서 나는 시작된다. 내가 닫혀지는 그, 곳에서 너는 시작
된다. 한 장씩, 나는 열린다. 너는 나의 꽃. 너는 이제 눈을
떠. 나는 너의 꽃. 너는 꽃. 그는 너의 꽃. 나는 너를 꽃. 사

전의 떨어지지 않는 한 장 그, 사이를 파고드는 한 잎의 꽃. 너는 꽃. 너는 꽂, 아직. 나의 꽃, 나를 너에게 꽂. 여기로 와. 여기. 그는 꽃의 나. 나는 그 꽃의 너. 너는 꽃. 나는, 너, 나는 여럿의 너. 여기의 너, 여럿의 꽃, 너는 여럿의, 여기의 꽃. 꽃, 너를

참아.

채워 줄게, 열어. 데려가 줄게, 열어. 녹여 줄게, 빌 때까지, 천천히, 따라 줄게, 침입하는 꽃향기, 너를 그와 함께 따라 줄게, 그에게서 너를, 지켜 줄게. 묶어 줄게, 위험을 안겨 줄게. 깨끗하게 만들고 괴롭혀 줄게. 황홀을 어르고 달래 네게 줄게. 줘, 너를, 그럼, 그럼, 너는 그림자를 잃은 너는 그 대신 피어나. 그러면 목이 타도록 끌고 가 줄게. 그려 줄게. 그리고 그래서 너를, 살려 줄게. 도망가 보렴. 날아가 보렴. 벗어나 보렴. 너는 따르게 될 거야. 너를. 나에게. 따른 너를 나는 삼키게 될 거야. 너는 나로 목이 타오를 거야. 너는 타오를 거야. 너의 얼굴이 보이지 않아 나는 영원히 너를 간직하게 될 거야.

뜨거운 망각은 오로지 너의 몫
너는 어지러운 카드뮴레드 손자국으로
깊게 물든 나를, 보여지게 될 거야
말해, 구원해 달라고
말해, 손가락과 발가락의 시간을 구속해 달라고
꽃을 가져다 달라고, 말해, 세 시간
그거면 충분하다고 새벽을
가득 채워 지워 달라고 아침을
집요하게 망가뜨려 달라고 알리제린 퀴나크리돈 마젠타
너를 위한 테일로레드, 여기서, 만들어 줄게. 어둠 속에서
더욱 투명히 빛나는 그것을 온통 손바닥에 짜내어 세 시
간, 그것을 발라 줄게. 입술을 덧칠해 줄게. 너는 잊어버리
지 않도록, 세 시간이 혜성이 되어 오로라의 꼬리를 남기
면 그것을 길게 늘어뜨려 너의 손에 쥐여 줄게. 별우유를
니에게. 먹여 줄게. 더 원하게 될 거야. 시간을 잃을 때까
지. 손에 쥔 것이 바짝 마를 때까지. 안겨 줄게 위험을 말
해 줄게 위험을 열어 줄게

너는 이제 눈을 떠.

> 모조리

모조리 모조리
모조리

누구도 지켜보고 있지 않잖아
여기는 아무도 없잖아 오직 우리 여럿

너는 나를 여럿
헤친다 수없이
나는 너를 여러 번
해치고 수없이
머리칼은 지문을
남긴다

우리는 같은 여럿의 시간자국을 지니고 반대편에서 함
께 시작되고 있어, 네 시간의 시작은 나의 끝과 같은 곳에
서, 만나고 있어. 너는 울지 마. 지금부터 열을 세어. 하나
라도 빼먹으면 안 돼. 그러면 처음부터, 다시, 시작할 테니

까. 알겠습니까?

말해.
열어.

별늪

부끄럼쟁이 상어 위스퍼

위스퍼의 뾰족한 이빨을 보고
모두 늘 줄행랑치기에 바빴다
다른 상어들은 위스퍼가 너무
숫기가 없다며 자신들과 함께
다니려면 사람의 다리 하나를
가져오라고 부추겼다 어쩌지
해변으로 가긴 했는데 튜브를
타고 소리 지르며 물장구치는
아이들이 시끄럽고 무서웠다
이대로 돌아간다면 상어들이
끼워 주지 않을까 봐 두려웠다
위스퍼는 속삭였다 누구 없니
나랑 놀아 줄 사람 아무도 없니

제멋대로 올챙이 오페라

오페라 말 좀 들어 말 좀 어?
우리는 바다에서 살 수 없어
따끔따끔 바닷물에 녹아 버려

음 음 나는 바다가 좋아 여기서 살 거야

집에서 뛰쳐나온 제멋대로 올챙이 오페라가
바위 뒤에 숨어 해변을 훔쳐보는 위스퍼를 발견했다

너 거기서 뭐 해 나랑 놀자

위스퍼는 깜짝 놀라 뒷걸음질 쳤다
오페라가 벌써 눈 옆에 빨판을 찰싹 붙이고 노래했다

우리가 함께하면 갈 수 있어
음 음 바닷속 깊은 곳
누구도 가 보지 못한 곳
그보다 더 멀리 더 더 멀리
어디까지 갈 수 있을지

나도 몰라
그게 나를 너 더
흥분되게 해

위스퍼는 자기도 모르게 이를 드러내며 웃었다
오페라를 태운 위스퍼가 수면 위로 뛰어오르자
모두가 비명을 지르며 뿔뿔이 흩어졌다
위스퍼는 더 이상 외롭지 않았다

위스퍼, 위스퍼, 우리 나르샤에게 가자!

그래, 좋아!

배고픈 물뱀 나르샤

알록달록 물뱀 나르샤는 며칠째
소라게인 줄 알았다가 모래가 가득한 병뚜껑
해파리인 줄 알았다가 갈가리 찢긴 비닐봉지
같은 것들만 먹어서 배가 고팠다

바닷속을 훨훨 날 수 있다면 그럴 수 있다면

그때 회색 바위에 붙은
오페라를 발견했다
무작정 달려들었다

위스퍼는 조금 무서워져서 어색한 미소를 지어 보였다
위아래 수백 개의 뾰족한 삼각형을 수줍게 드러내면서

나르샤는 오렌지 햇빛으로 반짝이는 위스퍼의 이빨들을
그제야 발견하고 급하게 몸을 틀어 수풀 속으로 도망쳤다

하 하 하 하

오페라가 만족스럽게 웃으며 노래했다

음 음 나르샤 나를 먹는 대신
우리 함께 탐험하지 않을래?
깊은 바다보다 더 깊은 바다
보이지 않는 것을 느끼러
들리지 않는 것을 맛보러

나르샤가 도망치다 말고 고개를 돌렸다
오페라와 위스퍼가 함께 웃고 있었다

그래, 나도 바다를 날아 볼래!

위스퍼 오페라 나르샤

위스퍼 오페라 나르샤
위스퍼 오페라 나르샤

상어와 올챙이와 물뱀은 신나게 몸을 흔들며 파도에 몸
을 맡겼다

자, 출발!

바다의 바닥

투명한 새우 떼를 지나
무지갯빛 아귀를 지나
반딧불 흰고래를 지나
사마귀 킹크랩을 지나
음매음매 문어를 지나
야옹야옹 해마를 지나

깜깜한 바닥에 닿았다

바닥이 꿈틀거렸다
바닥이 눈을 번쩍 떴다
노란빛이 뿜어져 나오는 두 눈은
너무 가까워 하나로 합쳐지려 했다

상어는 놀라 눈을 꼭 감았고
올챙이는 입을 쩍 벌렸고
물뱀은 비늘을 바짝 세웠다

심심한 넙치 누가바

누가바는 심심했다
산더미만 한 누가바는
바다의 바닥에서 태어났고
그가 곧 바다의 바닥이었다

누가바 위로 모래는 쌓이고 또

쌓였다

심심한 누가바는 무게 세기 놀이를 했다
오 조 삼천이백삼십사 억 오천이백사십육
개의 모래를 세었을 때
위스퍼와 오페라와 나르샤가

나타났다

누가바가 꼬리를 한 번 흔들자
오 조 삼천이백삼십사 억 오천이백사십육
개의 모래가 쏟아지며

땅이 갈라지고 바다가 비틀거렸다

누가바, 누가바, 우리와 함께 가자!
더 깊은 곳, 더 깊은 곳으로 가자!

그래, 바라던 바다!

위스퍼 오페라 나르샤 누가바

위스퍼 오페라 나르샤 누가바
위스퍼 오페라 나르샤 누가바

신나 노래하는 올챙이 오페라를 혀에 실은
꼬르륵 알록달록 물뱀 나르샤를 혀에 실은
아직 부끄럼쟁이 상어 위스퍼를 혀에 실은
이제는 심심하지 않은 거대한 넙치 누가바

자, 출발!

오 조 삼천이백삼십사 억 오천이백사십칠
개의 모래를 파고들었다

저기 봐!

태양이 녹아서 부글부글 끓고 있어!

마그마라는 이름의 마그마

마그마라는 이름의 마그마는 아무도 만난 적이 없었다
마그마의 마음에는 늘 화가 들끓었다

마그마가 의심의 눈으로
그들을 노려보며 말했다

나는 마그마 마그마다
너희들은 대체 누구냐

나는 제멋대로 상어 위스퍼야
나는 제멋대로 올챙이 오페라야
나는 제멋대로 물뱀 나르샤야
나는 제멋대로 넙치 누가바야
너는 마그마 마그마구나!

마그마 마그마, 마그마 마그마
우리와 함께 별을 보러 가자!

그래, 그러지 뭐

위스퍼 오페라 나르샤 누가바 마그마

위스퍼 오페라 나르샤 누가바 마그마
위스퍼 오페라 나르샤 누가바 마그마

상어와 올챙이와 물뱀과 넙치와 마그마는
모래를 뚫고 바다를 뚫고 하늘을 뚫고

솟구쳤다

새하얀 별들의 강
그 옆에 모두가 몸을 뉘었다

조잘대는 별들의 강
물장구치며 빛을 뿌렸다

멀리서 태양이 붉은 손을 흔들었다

별늪

은하수라는 이름의 은하수와
마그마라는 이름의 마그마는
첫눈에 서로를 이해했다

마그마는 점점 은하수로 흘러들었고
은하수는 점점 마그마로 흘러들었고
태양빛 마그마와 은빛 은하수는 꿀빛 별늪이 되어

물뱀은 별들을 한가득 싣고 날아오르고

상어는 술래잡기에 시간 가는 줄 모르고

넘치는 별들과 깊은 별늪 탐험에 나서고

올챙이는 옛날이야기들로 별들을 울리고

마그마와 은하수는 별들을 주고받으며
하나가 되었다

별늪엔 별꿀이 가득히 흘러서 누구도
배고프거나 심심하거나 외롭지 않았다

소년의 가죽

너는 목련

너를 생각하지 않던 시간들은 모두 잔해
굽혀진 마음 걷지 않는 다리
투명해진다며 끝까지 함께하겠다며
거짓말인 줄, 알았는데, 알았는데,
왜 너를 지켜 주지 못했을까
너의 거짓말로부터
왜 너를 구해 주지 못했을까
너의 손으로부터
네가 핀 뒷골목을 아무리 서성여도
너는 답 없이 허리가 끊어질 듯한 향기만
얼굴을 뒤덮고 귀를 간질이는 찢어질 듯한 향기만

영원의 다른 이름은 없나요

영원, 안녕
오늘은 너의 이름을 깜빡했어
엄숙한 마음을 그만뒀어
돈 주고 살 수 없는
늪의 괴물 천사

업스테이트

낚시를 하러 가기 전에 안두이소시지 반을 갈라 굽고 샤프 체다 덩어리를 대충 잘라 잉글리시머핀에 넣어 아침을 먹었다. 오픈 샌드위치를 좋아하기 때문에 주로 한쪽 빵을 덜어 내고 먹는데 오랜만에 위아래 번을 다 먹었다.

황금빛의 숭어를 낚았다. 그는 서두르지 않으면서도 강기슭의 고르지 않은 바위들을 날렵하게 타며 진흙과 풀숲을 헤치고 금세 다가와 자신의 낚싯대를 돌 사이에 끼워 놓고 허리를 굽혀 발 아래서 찰박이는 숭어의 입에서 부드러운 손길로 낚싯바늘을 빼 내었다. 그가 양손으로 숭어를 받쳐 들고 나를 올려다보며 말했다.

이런 숭어는 처음 봐.

오각형의 비늘은 테두리가 굵고 진했다. 맑은 녹색의 강물과 흰 햇빛이 비늘 위에서 선명한 금빛으로 잘게 나뉘며 눈부시게 빛났다. 나는 내가 낚은 것에 감탄을 금치 못했다. 아름다웠다.

옷에 돌돌 싸 둔 카메라를 집어 들고 뒤돌자 그의 양손에 얌전히 누워 있던 숭어는 어디론가 사라져 버렸고 그가 어쩔 수 없었어, 하는 표정을 전혀 어쩔 수 없었을 것 같지 않게 지으며 웃었다. 그의 종아리까지 찬 강물이 간지럽게 찰랑였다. 그의 젖은 손과 강바람 같은 웃음에도 금빛이 반짝였다.

놓쳐 버렸어.

너무 아름다워서 그냥 놓아준 것이 분명했다.

아름다웠는데 두 번 보지도 못했다. 두껍고 기름진 몸이 온통 푸르스름한 메탈릭의 황금빛으로 반짝이던 잔상만 남았다. 손에 들어 본 그의 말에 의하면 4킬로그램은 되었겠다고 했다.

강에서 집으로 걸어와 사우나를 하고 다시 강으로 돌아가 낚시를 하다가 마을에 가서 찌와 낚싯바늘을 사고 장을 봤다.

> 로컬 우유와 로컬 우유로 만든 치즈커드와 요거트, 루꼴리, 토마토, 탄산수, 칩을 사고 근처의 커피 가게에서 카푸치노를 샀다. 커피 맛도 좋았지만 근처의 목장에서 짠 우유를 써서 카푸치노의 맛이 완전히 새로웠다. 약간의 풀 맛과 향기로운 냄새, 그 밑으로 스치는 조금 비릿한 냄새. 젖의 냄새가 그대로 있었다. 우유. 평소에 마시는 우유는 우유 맛의 액체, 우유 맛의 단 무엇인가라는 것을 깨달았다.

돌아와서 그릴에 슬라이더용 패티와 소시지를 구웠다. 소시지 하나를 바닥에 떨어뜨렸지만 타올로 닦고 먹었다. 슬라이더도 맛있었지만 깨물자마자 고기의 즙과 기름이 터져 나오는 소시지는 끔찍하게 맛있었다. 루꼴라와 그저께 만들어 놓았던 자두와 사과와 요거트를 버무린 것을 섞고 레몬 껍질을 조금 갈아 넣고 블루베리와 치즈커드를 넣고 이탈리안 드레싱을 뿌리고 무화과를 사 분의 일 쪽으로 잘라서 올리고 레몬즙을 뿌렸다. 남은 레몬 반쪽으로 평소라면 사지 않았을 팬시한 레몬 맛 클럽소다에 제스트와 펄프를 잔뜩 넣은 아메리카노를 만들었다. 캄파리를 조금 과하게 넣었다 싶었지만 맨 아래로 가라앉아서 술맛이 많이 나진 않았다. 비터스를 넣지 않았어도 될 만큼 풍부하고 쌉쌀한 맛이 도는 클럽소다였다. 맛있고 새롭고 햇살은 이대로 정신을 잃어도 좋겠다 싶을 만큼 뜨거웠다.

몸이 탔고 얼굴은 붉어졌다.

점심을 먹고, 치우고, 한참을 앉아 있었다. 볕이 뜨거웠다.

5시쯤 그는 낚시를 하러 가고 나는 『오리건의 새들』이라는 책을 읽다가 밀리에서 조류 도감을 검색하다 보니 베이킹이 떠올라 베이킹 베이킹에서 동요 동요에서 포뮬라 원 포뮬라 원에서 몰리에르 몰리에르에서 신화 신화에서 사첼 프로모 코드 같은 것을 검색했고 책을 여러 권 빌려 놓고 읽지는 않았고 텅트위스터에 대해 머리를 굴렸다.

6시쯤 되어서 강으로 내려가 그가 낚시하는 것을 구경했다. 그는 강 가운데 큰 바위 위에서 건너편을 향해 계속 줄을 던졌다. 발목까지 물에 잠겨 종아리만 보였다. 온도가 꽤 떨어져서 쌀쌀했다. 돌아와서 진짬뽕과 너구리를 섞어서 라면을 끓였고 전날 저녁으로 먹었던 발사믹비니거 스테이크를 작게 썰어서 남은 양파와 같이 잠깐 불에 올려 살짝만 데워서 같이 먹었다. 블랙체리 초콜릿칩 아이스크림에 잘 익은 무화과를 찢어 넣어서 먹었고 끝내주게 맛있었다. 예전에는 분명히 체리 맛 아이스크림이나 블랙포레스트 케이크 같은 것을 좋아하지 않았던 것 같은데. 아마 체리 익스트랙트로 체리 향을 낸 인공의 맛이 이상하게 느껴졌던 것 같다. 생체리가 갈려 들어간 아이스크림은 생체리의 향과 맛과 질감이 살아 있어서 부드러우면서도 씹는 맛이 있고, 유지방에 달면서도 프로필이 풍부한 타트함이 섞여 맛있지 않을 리가 없었다. 얇게 저며 혀에 곧장 녹아드는 초콜릿 조각과 잘 어울렸고 무화과씨의 크런치와는 더더욱 잘 어울렸고 무화과의 단맛을 초콜릿과 체리 아이스크림이 가리는 대신 오히려 더 부각시켰다. 굉장히 뻑뻑한 피넛버터가 든 미니 프레즐 포켓을 몇 개 주위 먹었다.

다시 강에 내려갔다. 고기는 잡히지 않았다. 고기들이 튀어 올랐다. 소리가 나는 쪽을 볼 때마다 커다란 물결이 일고 있었다. 7시 50분만 해도 해가 질 것 같지 않게 환했는데 8시 20분쯤 낮은 산 뒤로 해가 조금씩 넘어가더니 순식간에 어둠이 내렸다. 텅 빈 하늘에 넘어가는 해는 구름에 반사나 산란이 될 때보다 빨리 어둠을 불러오는 것 같았다.

8시 40분쯤 그가 아주 큰 퍼치를 낚았고 이번에는 놓아주지 않고 퍼치를 가지고 언덕을 올라 집으로 돌아갔다. 그가 사라지고 얼마 되지 않아 나는 손바닥만 한 작은 퍼치를 잡았고 작은 입에 복잡한 각도로 찔려 들어간 세 갈고리 낚싯바늘을 빼지 못해서 숨이나 쉴 수 있도록 물에 다시 넣어 주었는데 낚싯대를 잡고 있기 어려울 정도로 세차게 요동쳤다. 입이 다 찢어졌을 것이다. 그를 몇 차례 애타게 불렀다. 아마도 싱크대에서 큰 퍼치의 배를 가르다가 뛰어왔을 것인 그가 도착해서 물에서 작은 퍼치를 건져 내어 바늘을 빼 주면서 조그맣게 어르는 소리를 내는 걸 보니 퍼치는 어딘가 찢기거나 여기저기 망가져서 정신을 잃은 것 같았고 나는 어둠을 핑계로 그것을 제대로 쳐다보지 못했는데 어둠 속에서 마지막으로 본 퍼치는 축 처져 있었다. 살려 두려고 물에 넣었는데 손에 쥐고 있는 것이 나았을 것이었다.

가엾네 하고 그가 조용히 읊조렸다.

얼굴에 피가 확 쏠렸다. 미안했는데 누구에게 더 미안한지 몰랐다.

말없이 집에 돌아와 보니 큰 퍼치가 싱크대 안에 축 늘어져 있었다. 잘 들지 않는 칼로 배를 찢어 내듯이 갈랐다. 눈을 뜨고 있는 데다 사후경직 때문에 살이 계속 떨려서 아가미에서 머리로 칼을 찔러 넣었을 때 죽었는지 배를 갈라내고 내장과, 그 안에 들었을 심장을 뗴 내었을 때 죽었는지 아니면 여전히 죽지 않았는지 알 수 없었다. 죽었다고 믿고 싶었다. 피가 산소와 만나면 굳어서 뼈 구석구석 끼이고, 그대로 요리를 하면 냄새가 난다고 해서 무딘 칼끝으로 여기저기서 조그만한 뭉친 핏덩이를 긁어

냈다. 칼이 뼈에 닿아 글글대는 소리가 조용한 부엌을 울렸다. 꼬리부터 얼굴까지 배 쪽을 완전히 갈라서 등지느러미를 가운데 두고 양쪽으로 펼쳐 올리브유와 프로방스 허브, 소금, 후추 같은 향신료를 대강 뿌려서 파이렉스 그릇에 재우고 냉장고에 넣었다.

저녁을 먹고 강으로 가기 전 사우나 히터의 전원을 켜놓은 채 이 모든 일들을 저질러서 사우나 안의 온도계는 50도를 넘어 있었고 돌에 물을 뿌리지 않고 건식 사우나를 했다. 9시 반까지는 생선을 다듬었으니까 10시가 다 되어서야 사우나를 했을 것이다. 샤워를 하고 누우니 10시 40분이었다. 너무 피곤했지만 잠이 오지 않을 것이 분명하게 느껴졌고 숨이 잘 쉬어지지 않았고 약을 반으로 잘라 먹었다.

해는 뜨지 않는다. 해는 돌아온다.

나무 의자는 밤의 물기로 아직 축축했다. 눅눅한 어두운 빛 속에서 물안개가 휘몰아치며 강의 상류로 올라갔다. 어떤 때는 조금 느리게 어떤 때는 달려가듯이 강물 위를 날아갔다. 긴 스웨트 패츠를 입고 반팔 위에 트랙 재킷, 그 위에 경량 패딩까지 입었는데 밖에 있기에는 그래도 추웠다. 손이 언다는 느낌이 들 만큼. 날씨를 보니 9도라고 하는데. 겨울이라면 따뜻하다고 느꼈을 텐데. 더 두꺼운 옷은 가지고 오지 않았다.

에스프레소를 전자레인지에 돌리고 로컬 우유로 폼을 만들어서 카푸치노를 만들었다. 로컬 우유는 거품이 그렇게 많이 올라오지는 않아서 라떼처럼 되었다. 담배 피우거나 커피 마시기 전에는 뭘 좀 먹으라는 그의 말이 생각나서 코코넛 요거트를 먹었다. 커피에 항상 우유를 타서 마셔서 지금까지도 속이 괜찮은 것일 것이다. 새소리가 아침을 빈틈없이 메웠고 구름과 구분되지 않는 하늘에 해는 보이지 않았지만 해는 돌아온 것 같았고 해와 함께 그림자도 돌아와 어렴풋한 강 위로 물안개의 옅은 그늘이 어른거렸다. 그는 얇은 하얀 천을 돌돌 말아 덮고 잠들어 있을 것이다.

너를 그리는 데 이름은 필요 없으니

샌다 새벽, 결대로 곱게 찢은 검은 바지 사이의 흰 허벅
지를 보며 밤을

센다 새벽, 너의 작은 꽃 사이로 너

답습니다 속삭여 벗기고 벗겨도 열 수 없는 입속에 없
는 없는 이름을

단 너를 그리는 데 이름은 필요 없으니 그저 속눈썹에 매

단 별을 샌다 아침을 짓눌러 오지 못하도록 그러나 투
명하게

발린 너의 네일 손끝까지 짧게

잘린 손톱

깨우지 않겠노라 재우지 않겠노라 보내지 않겠노라 맹
세를 깨뜨린 깊이 잠긴 입술은 한 손으로 너의 목을

쥐고 옥상으로

끌고 올라가 너를 기울여 본다 바닥까지

닿을 수 있을지 다디

단 너를 따라 볼게 싹싹

빌 너를 견딜 수 있을지

한 번만 시험해 볼게

놓아줄 수 없어 놓고 싶을 때까지

림샷

((수직으로 오르내리는 헬리콥터 후진 엘리제 너의 잔
해 짧은 뼈들의 리듬 파고들어 기어올라 기어코 꺼내 보
려고 늦은 밤 깨진 골목 언덕 가로등 꺼진―

저벅, 저벅

저벅, 저벅

저벅저벅저벅

적척척척척척척척

(안 돼)
(못 들은 체)
(해야 해)

왜인지 그런 다짐을 하고 전화기

어어 집이지? 어 나 친구들이랑 술 마시고

집 들어가고 있어 아니 전 혀 안 취했어
짚 바로 앞! 어어어 뭐 사 갈까? 아 오케이
그럼 바로 갈게 아님 쫌 내려올래?
어 씨유 바로 앞 골목길!!!
(좀 모자란가)

야 우리 대문 고쳐야겠다 너 나올 때 너무 삐걱대네!!!

텅 빈 전화기에 명랑 발사 그러나 느릿느릿 여유롭게
(좀 어색한가)
커지는 발자국 소리
촉각을 곤두세우면서 빠르지도 느리지도 않게 걸으면서

저기요
(돌아봐야 하나)
저기요
(무시하고 가면 상황이 더
악화될지도 모르는 일이다)
저기요

(가로등 좀 고쳐라 씨발

이딴 데 집이 있고 지랄)

발 여전히 앞으로 십일 자

생각할 수 있는 가장 당당한 표정으로

여차하면 돌려 줄 수 있게 장우산을 꽉 붙들고

얼굴을 돌린 것도 아니고 안 돌린 것도 아닌

네? 왜 — 그 러 시 죠?

(젠장 이게 내 목소린가)

검은 그림자가 손을 뻗는다

저 이거요

목도리 떨어져서

((작다 가슴 머리카락) 끝)

나는 왜 부끄러운지 (((((알았다))))) 몰랐다

〉 수치와 화, 안도와 짜증,
　고마움과 미안함은 양면
　(바둠 탈의실 바둠 위 아래 ㅊㅊㅊㅊㅊㅊㅊㅊ 찝찝한 눈
길 바둠 좌 우 살핌 바둠 츠 인적 츠 긴급한 확인 츠 바둠
탕 츠 ((그래 그러니까 앞으론 더 빠르게 옷을 벗도록 해)))
　나는 발을 틀어 온전히 그를 향했다

　(음)

　하나로 꽁꽁 묶은 젖은 까만 포니테일
　비와 땀과 기름기로 착 붙은
　까만 반팔 저지
　무릎 위 하얀 슬라이더
　까만 풋살용 기능성 바지
　당겨 신은 두꺼운 흰색 골지 양말
　소금기가 말갛게 적신 구릿빛 얼굴
　매트한 검정 축구화 형광 노랑 로고
　엉덩이 옆 비뚤어진 D 자 모양
　커다란 검정 캔버스 가방 흰 로고

어둠 속에서도 하얀 무릎의 흙먼지
(아)
핏방울 새하얀 무릎 위 핏방울

번진 듯 웃고 있다
많이도 적게도 아니게
적당하게
탄탄한 웃음 아니 무릎 아니―

음 (아니) 저―

왠지 우산을 떨어뜨릴 것 같

머리카락

손가락 사이에 사르륵 머리카락
샴푸 냄새
샴푸 냄새 사과 향이야 사과 섬유 유연제
새로 말해 줄래 귀에
속삭여 줄래 사랑 말야
사랑한다고 사르르 녹을 거야
사무치게 사랑한다고
부드럽게 쏠어내리다가
손가락 사이로 너를 간질이다가
너의 눈을 부끄러워하는 너의
눈을 내려다보면 눈썹 사이로
밝게 빛나는 별 그림자는
너를 파헤치고 눈빛이 너를
닳게 할진대
나는 서둘러 마모될세라
손가락으로 너의
볼을 미어지도록 말간 말랑한
미친 태양의 얼굴 쏟아지는
비의 얼굴 짓이겨진 풀의

향긋하도록 씁쓸한 맛이 감돌아

너의 입술에 모진 구석이라고는

없는 너는 어떻게 그러니

너는 눈 부신 눈 담을 수 없는

오로지 손끝의 나른한

스르르륵 스르르륵 스르르륵

살려 줘 나를 머물 곳

오직 너는 어떻게 만들어졌니

우리가 같은 피와 살로

되어 있을 거라고 상상할 수 없습니다

까만, 새까만, 새카만,

가득한 눈동자 사이로 손가락

흘러내려 끝까지 눈을 돌리지

않을 테니 녹을 때까지 녹아

보렴 소리를 내어 보렴 마음을

꼭 쥐고 있어 자칫 깨뜨릴까

무서우니까 올려다보는 너의 눈동자

에 비치지 않아 울다가 웃다가

오늘을 감아 밤은 마감되고

줄어들다가
밤은 가, 가
너도 알잖아 언제까지고 내 손에
볼을 부비고 있을 수는 없잖아

깨어진 볼을 알사탕처럼 쪽쪽 빨다가
허리를 감고 기어오르는 달팽이
한 마리 그는 서두르고 있어
허리를 감고 또아리를 틀어
숨이 가빠질 겁니다
걱정하지 말아요 곧 끝나니까.

나 오늘 생일이야

어깨를 스치고 서서 바다에 대고 중얼거리는 너를 물끄러미 보았다.

왜 말 안 했어.

그냥.

무한 리필 횟집 조개구이집 대게 쩌 드립니다 원조 최저가 맛으로 승부합니다 모래사장을 빙 둘러 볼썽사납게 늘어져 있다. 불 꺼진 간판 구석구석이 바닷바람에 부식되어 진득하게 녹슬었다.

아침 됩니다 매생이국 굴국 조개탕 백반.

까만 바탕에 하얀 글씨로 쓰인 낡은 현수막을 내다 건 식당 하나만 새벽안개 속으로 축축한 녹색 형광등 불빛을 내뿜는다. 거스러미가 일어난 빨간 플라스틱 테이블, 가운데 구멍이 뚫린 포개진 의자들이 길가 여기저기 버려진 것처럼 너저분하게 널려 있다. 모래사장 끝 쪽에 프랜차이즈 빵집 하나가 난데없이 캄캄하고 음울하게 서 있다.

6시 58분에 해가 뜬다고 했지만 회색 가죽 같은 하늘과 바다는 하나로 이어져서, 사라진 수평선에 아슬아슬 걸린 해는 뜨고 싶다 한들 어디서 어디로 떠야 하는지 저도 헷갈릴 테다. 느리게 그러나 착실히 회색이 부풀어 오르고 가슴 한쪽이 함께 부풀어 올랐다. 편의점 대신 낡은 간판에 셔터를 내린 강정 슈퍼밖에 없는 곳에서 뚜레쥬르가 장사가 되긴 할까, 싶었지만 어쨌거나 다행이다.

잠깐만.

점원은 앞치마를 매기 전이었고 문을 열고 들어가자 미심쩍은 얼굴로 나를 슬쩍 보았다. 원망스러운 얼굴이었나?

지나치게 환한 유리 진열장 속
지나치게 빨간, 흰, 검은 덩어리들이
천장의 어두운 조명과 부조화를 이뤘다.

가장 거대한 케이크를

무거워서 옮길 수도 없는 케이크를
너에게 가져다주고 싶었지만
돌아갈 차비는 남겨야 했으므로

새하얀 식물성 생크림 무더기 위에
뭉그러져 분홍빛이 도는 딸기 반쪽이
성의 없이 올려진 쇼트케이크를 골랐다.

포장하지 말고 그냥 주세요. 포크 하나요.

초 몇 개 드릴까요?

어 긴 거 한 개랑 작은 거 아 아니에요, 그냥 긴 거 하
나만 주세요.

조각 케이크에 초를 열아홉 개나 꽂으면
고슴도치처럼 보일 것이다.
그렇다고 긴 것 두 개를 꽂자니
왠지 손끝과 명치가 간질간질했다.

> 할인 멤버십 있으실까요.

네 유플러스요.

폰 좀 밝게 해 주세요.

아. 네.

해피포인트 적립해 드릴까요.

아. 네 잠깐만요.
여기요.

넌 바다를 보고 있었고
뒷모습이 펄럭였다.
모래마저 회색으로 잠겨 들었다.
바다도 하얗던 생크림케이크도
구름 하늘 바람 모두 너 하나의 색으로 물들어서
너는 그대로 풍경 속으로 걸어 들어갈 것 같았다.

딸기 꼭지가 멋대로 접혀 적색으로 말라 간 것이
이끼보다 눈에 덜 거슬렸다.
일상도 일탈도
피어나고 시드는 것도
모래보다 조금 진한 너의 옅은 그림자
그 속에서는 구분할 수 없게 되어 버려.

생크림 속으로 초를 꽂기는 쉬웠어.
바람 때문에 초가 자꾸 기울었어.
불은 붙이지 않기로 했어.

소원.

나를 보고, 잠깐 웃고,
눈을 깜빡이고, 잠깐 다시 웃는다.
소리 내지 않는 너.
나는 나도 그만큼 조용해졌으면 한다.
파도를 잠재우는 너.

빌었어?

물끄러미 바라보는 너의 테두리가 점점 희미해진다.

고마워.

초를 피해 케이크에 입을 맞춘다. 아기 새 같다.

입술 모양 생크림이 내 입술에 닿는다.

너 먼저 가.

바람에 흩어지지 않도록 너의 손을 꽉 쥔다.

그대의 손끝이 물레를 돌린다

나는 본 적 없는 천을 짠다
직기에 감긴 그대는 좌우로
나뉘며 조금씩 피륙이 되고

그대여

물레를 힘껏 돌려 주시오
되도록 성기게 짜 주시오
그대가 지나갈 수 있도록
그대를 허락할 수 있도록
그렇게 성기게 짜 주시오

기브앤테이크

어 나 비누 안 가져왔는데
아 내 꺼 써 자 손 대

아니이 손 바닥

비누 대신 손바닥 길이의 하얀 튜브를 열어 옅게 떠는
왼손 위에 가져다 댄다.

아아 넌 오른손이지

오른손 중앙에 그것을 조금 짜낸다. 돌출된 입구가 손
바닥을 눌렀다가 허리를 능숙하게 돌리며 부드럽게 입을
뗀다. 올려진 것은 끝이 뾰족하게 들린 무게를 가늠할 수
없이 가벼운 하얀 물질. 연한 입꼬리는 함께 살짝 들렸다
가 더디게, 벌써, 내게서 눈길을 떼어내며 허리를 숙이고,
곡선으로 세면대에 떨어지는 시선 자락은 얼굴에 들러붙
어 끊어지지 않는다, 흘러내리는 물줄기를 언제까지고 꼴
깍꼴깍 삼키는 세면대 속으로 끌어당겨 숨이 막힌다, 따
끔따끔 타오르는 물 속 섞인 시간을 누가 볼세라 서둘러

세면대를 기어 나온다. 지켜보던 수십 개의 눈은 바닥에 와드득 떨어진다. 눈을 꼭 감고, 너는 모든 것을 알고서도 눈을 감아 주는 사람. 손가락을 살짝 말아 꼭 붙이고, 손바닥 양날을 야무지게 꼭 맞닿도록 하여, 수도꼭지 아래에 손을 댄다. 흐르는 물을 빼앗아 옴폭한 손바닥에 가득 채운다. 공용 화장실 파랗게 질린 앞뒤가 막힌 빛막대기 손에 담긴 물을 탈출하지 못하고 이리저리 일렁이며 찢어지다가 너의 얼굴에 부서진다. 빛을 하나씩 물고 너의 뺨을 자꾸 때리고 음영을 타고 턱으로 흘러 떨어지는 찬란한 사이로 앙다문 눈 꽉 조인 입술이 자꾸 하나로 섞여. 너의 일상의 무심함이 유용한 손 모양 속 가지런한 나를 어지럽힌다. 물자국이 난 거울 자잘한 흠이 물때로 얼룩진 타일 실리콘 격자가 울렁거린다.

　너의 왼손은 오른손보다 먼저 준비한다. 받을 준비를 한다. 눈을 꼭 감고 여전히 허리를 굽힌 채 너는 오른손으로 몸 왼쪽을 더듬고, 닿지 못하자 수도꼭지를 잡아 위치를 가늠하고 더듬다 손끝에 닿은 튜브를 한 손으로 돌려 감아쥔다. 엄지손톱에 힘을 준다. 손톱과 마디가 조금 희어

진다. 손톱을 바짝 붙여 깎았기 때문에 뚜껑이 뻑뻑하기
때문에 틱 틱 튕긴다. 딸깍. 입구를 왼 손바닥에 대고 살짝
힘을 주어 짜내더니 힘을 풀고 한 바퀴 빙 문질러 입가에
묻은 것을 마저 바른다. 뚜껑을 탁 눌러 닫고 머리가 아래
로 가도록 세면대 위에 놓는다. 눈을 감고.

　너의 왼 손바닥 가운데는 납작한 동그라미, 조금 안도
한다. 나의 오른 손바닥 위 아직도 끝이 살짝 들린 키세스
모양의 완벽한 하얀 물체를 바라보며 우쭐해 한다. 너의
손바닥을 질투하는 걸까 나는, 너는

　깨끗이 하지 말라
　정화하지 말라
　불순물을 제거하지 말라
　속죄하지 말라
　벗어나지 말라

　벗어 버리지 말라
　그 의혹을 풀지 말라

> 나를 추방하지 말라
이물을 내쫓지 말라
깨끗해지지 말라
그만두라 그러나

너는 왼 손바닥 가운데 올려놓은 것을 오른손 중지와 검지 끝으로 둥글게 밀며 얇게 펼친다. 하얀 것이 몸을 일으킨다. 너는 하얀 것이 묻은 오른손 중지와 검지를 흐르는 물 아래 잠깐 가져다 대었다가 물이 손에 달라붙자 손가락을 오목하게 모으고 살 사이사이 고인 조금의 물을, 예정된 만큼의 물을, 왼손 위에 직각으로 떨어뜨린다. 오른손 중지 끝에서 왼 손바닥으로 물이 쪼르르 똑 똑 떨어진다.

부드럽게 밀며 섞는다. 밀며 섞는다. 의혹도 사죄도 빈틈도 없는 움직임. 빙글빙글 돌린다. 둥글게, 부드럽게, 부드럽게. 부드럽게. 하얀 것은 기체를 잡아먹고 액체를 잡아먹고 그들과 한 몸이 되어 증식하며 새하얀 몸을 불린다. 그 탄탄한 부피가 혀에 닿아 정신을 차릴 수가 없다. 무서

97

운 줄 모르고 속 없이 솟아올라 몸을 터뜨리고 속절없이
꺼져 버리는 비누거품과 달리 무겁고 견고하게 영속의 몸
을 갖추어 간다. 무구의 막은 쫄깃하고 영악하다. 살아 있
는 세 가지 몸으로 이루어진 완전한 불순물. 기체를 머금
은 고체의 세포막, 액체로 이루어진 고체의 연장, 너는 더
문지를수록 더 분열하기 때문에 더 작게 나눌 수 있고, 더
작게 나눌 수 있기 때문에 더 오래 유지할 수 있고, 더 오
래 유지할 수 있기 때문에 조금은 거칠게 다룰 수 있다.
손에 꽉 쥐어도 터지지 않는 너는 단단한 유리거품이 될
수 있다. 무영의 몸. 분열하므로 너는 자꾸 확산한다. 나의
물과 나의 공기를 삼켜 증식한다. 언제나 뜬 눈의 거품. 가
혹한 봄밤과 잔인한 가을가의 저녁이 구분도 없이 화장실
벽을 아랑곳하지 않고 뚫고 들어와 언제까지고 너를 따라
갈 생각을 한다. 모르는 새 모르는 채 모르는 척 모르는
처음을 따라가리라. 아는 채 모르는 척 눈을 감은 너를.
그러나, 네가 없는 손바닥은 바싹 말라. 너를 따라 성급히
비빈 손 위 나의 그것은 충분한 불순물이 되지 못하여 어
찌할 줄을 모르고, 부풀 줄을 모르고,

저기 이거 이렇게 하는 거 맞아?

너는 하얀 막으로 뒤덮인 공기를 잔뜩 바른 울긋불긋하게 흐드러진 목련의 얼굴을 튼다. 왼쪽 눈을 잔뜩 찡그려 오른쪽 눈을 살짝 뜬다. 너만의 은밀한 유희를 무언의 무언가를 흘린다. 싱긋 웃는 것도 같다. 떨어진다. 아아.

그능 브브믄 드 믈 즘 믄흐스

아아

너는 눈을 다시 꼭 감고 쫀쫀하고 풍성한 폼이 잔뜩 발린 오른손을 수돗물 아래 잠시 가져다 대었다가 허리를 굽힌 채 돌아보지도 않고 오른손을 뻗어, 아아, 안 돼, 나는 결국 눈을 감아 버렸다, 어둠 속에서 내 손을 찾아 물과 클렌징 폼을 뚝 뚝 떨어뜨려 준다.

우리는 뭐냐고

마음에 안 들어?

한잔 더 하러 갈래?

너는 택시를 타다 말고
발 한쪽을 택시에 끼우고
손에 든 꽃다발
손목에 건 쇼핑백
그 속에 손바닥만 한 너의 초상화
흰 장미 꽃잎들이 견디지 못하고
하나둘씩 바닥에 떨어질 때까지
소리쳤다 소리 질렀다 너 뭐냐고
너 뭐 하는 사람이야 이게 도대체
뭐 하는 짓이야 씨발 니가 정말로
나를 위한다면 이럴 수 있어?
떨어지는 꽃잎보다 빨리 꽃다발을
내팽개쳤다 나와 꽃다발은 웅덩이에
한 발이 빠진 채 내일 얘기하자 너
취했어 도착하면 연락해 아저씨

제 명함인데 꼭 좀 연락 주세요
표구한 초상화의 모서리가 등 위로
마구 꽂혔다 안 가 안 간다고
기사님 저한테 꼭 연락 주셔야 돼요
이거 이거 너 가져가
너나 가지라고

우리는 저녁을 먹었었지
촛불이 놓인 테이블에서 따라 주는 샴페인
한 병을 다 비웠어 천천히

부탁한 케이크에 초가 꽂혀 나왔어
직원 몇 명과 높은 요리사 모자를 쓴 셰프가
방으로 들어와 노래를 불러 주었고
네가 초를 불자 손뼉을 쳐 주었었지

좋은 시간 되세요

벌써 10년이야 신기하지

> 그러게
　　　그러게

군이 숨길 필요가 없었을 정도로 진한 향기가 나는 하
얗고 하얗게 노란 장미 한 다발을 내밀었어.

너는 입만 웃었어
그때, 그때 알았어야 했는데

짧은 터치로 그려진 너의 초상화
숨가쁘고 달뜬 얼굴 깜빡이지 않는 눈
네 얼굴을 보지 못하고 그림 속 너와
눈을 마주쳤어 내 얼굴을 물끄러미
보았지 너와 같이
마음에 들었으면 좋겠어

함께 케이크를 먹었었지 자허토르테에 초콜릿무스를
섞은 시그니처라고
가나슈가 겨울의 실내 온도에 굳어

혀로 굴리면 시트에 녹아들었었지 초콜릿 코팅은
바작바작 깨졌고 살구잼 대신 넣었다는 캔디드 유자 마
멀레이드 입자가 자각자각 씹혔었지 다크 초콜릿 무스는

불안하게 가볍고
휘청거리게 묵직하고
나를 지켜보는 네 눈길처럼
너를 만나러 오는 내 발걸음처럼
몰래 춤을 춘다 서로의 발을 자꾸 밟으며
확인한다

내가 들어 줄게

너는 나를 만류하고 꽃다발과 쇼핑백을 한 손에 든다.
다른 한 손으로 손가락 사이를

발이 욱신거린다

초상

빛이라곤 구석의 창에 든
겹쳐진 새벽 사각형 두 개

끄트머리를 피해 선 너의 손은
팔레트 위 다른 시간을 점령하려 한다
오직 잠시 머물기 위해서
작게 조금씩 섞는다
밤과 새벽과 너와 나
같은 색깔이 될 때까지
회색에 회색을 찍는 붓끝

네가 있어 나는
살아 있다 나는

잠깐쯤 눈감아 줘도
되잖아

열 잃은 회색 위로
너는 그저 은하가 되고

나는 그곳에서 잠시
눈 붙이고 싶을 뿐인데

식탁 위에 쪽지가 놓여 있었다 몇 장이 가지런히

A,

너와 함께 보낸 시간들은 정말 아름다웠어. 단 하나도 바꾸고 싶지 않아. 함께해 줘서 고마워. 절망 속에서 허우적대던 나에게 기쁨을 가져다주어서 고마워. 그런 것이 가능할 줄 몰랐어. 행복. 사랑. 나는 고통받고 있고 아무도 그 고통을 알지 못해. 항상 짐작하고, 약을 처방하고, 공감해 주기도 하고, 위로해 주려고도 하고, 아무것도 알지 못한 채 떠들기도 하지. 그들은 아무것도 몰라. 나는 내가 도저히 이해하기 어려운 괴로움을 마주하려고 노력했던 모래 시절부터 하나도 변한 게 없어. 조금씩, 조금씩 나아졌다고 생각했는데 결국 또 그 자리네. 나는 완전히 잠식당해 있어. 결코 걷어 낼 수 없는 베일처럼, 그것은 나를 완전히 덮고 있어. 긴긴 시간 동안 저주도 해 보고, 기도도 해 보고, 잊으려고도 해 보고, 가만히 앉아서 그것의 눈을 바라보려고도 해 보았어. 도대체 왜 이렇게 고통받는가, 왜 도대체 나는 나로 인하여 고통받는가. 너는 나의 고통을 이해하는 유일한 사람이었어. 이해하지 못하는 것도 사랑했어. 고통받을 때, 나의 고통을 온전히 받아들여 주었어. 그것을 잠깐 잊게 하는 작은 기쁨들을 내게 안겨 주었지만, 잊으라고 조언을 위시한 윽박지름을 저지르지 않았어. 너만이 그것을 알아주었어. 잘 모르는 것들을 그대로 인정해 주었어. 그것은 내가 아니면서, 가장 나인 것들이야. 그것은 물리적이고 생물학적이면서도 나의 가장 내밀한 욕구들이야. 그것은 혼합되어 있고, 구분해 내기 쉽지 않으며, 떼 내려고 하면 할수록 나를 질식시키지. 발버둥칠수록 더욱 목을 졸라 와. 나는 그런 기분들을 어쩌면 즐기는 걸까? 그건 사실이야. 가끔, 그런 기분들로 인해서 새로운 것을 만들어 내거나, 나에게 있는지도 몰랐던 것들을 끄집어내거나, 사람을 매혹시킬 수 있었어. 그러나 그런 모든 순간마다 나는 바닥을 모르고 지쳐 갔어.

예전에는 모양이 정해진 것들을 경멸했어. 왜 벌써 테두리를 정해 놓았을까. 답답하지는 않을까. 나는 그들과 달라. 이러한 기만은 가장 은밀하면서도 가장 일상적인 삶의 태도였어. 나는 그들을 불 꺼진 것들이라고 깔아 보면서도 내가 그들을 미치도록 부러워한다는 것을 알고 있었어. 그들은 왜 갈등 없이 말할 수 있을까? 괴로움 없이 행동할 수 있을까? 왜 두 가지를 헷갈려 하지 않을까? 어떻게 여러 갈래로 산산이 찢어지지 않을 수 있을까? 저 모양들은 어떻게 탄생하고 저렇게 굳어져서 차곡차곡 쌓이는 것을 저항 없이 받아들일까? 헤르만 헤세는 그 구조를 알이라 불렀고, 나는 그 표현이 진부하다고 여겼어. 그렇지만 부정할 수는 없었지. 아니, 나는 그가 하나만 알고 둘은 모른다고 생각했어. 모두는 알을 깨고 나왔다. 그렇지만 알을 깨고 나온 것이 새는 아니다. 알을 깨고 나온 것은 견고한 조각들이다. 불이 켜지기도 전에 꺼진 조각들이다. 불을 밝힐 필요가 없는 조각들이다. 그들은 처음부터 햇살 아래에 놓여 있어. 불을 켤 필요가 없었을 거야. 그렇다면 나는 왜? 나는 왜 내 몸을 태워서 그렇게 계속 불을 피워야 했을까? 단지 살아 있기 위해서? 너는 이것이 과장이라고 생각하겠지. 아니, 너는 알고 있어. 너만이 진실을 알고 있어. 거짓이 아니라는 것을.

　그들은 말했어. 마음의 병이라고. 마치 병의 단계를 나누는 것처럼. 나는 완전히 부정하지 못했지만 그 말에 깃든 의견들은 충분히 견지하고 있었어. 별거 아니다. 이겨 낼 수 있다. 몸을 움직여라. 아무것도 아니다. 모든 것은 너의 머릿속에 있는 거야. 어떠한 나쁜 일도 일어나지 않았어. 새가 네 위로 날아가는 것을 막을 수는 없지만 너의 머리에 집을 짓는 것은 막을 수 있다. 그러나 그 새가 내 머릿속에서 알을 품고, 시간이 되자 새끼들이 일제히 알을 깨고 나와, 부리로 머리를 찢고, 거친 숨을 내쉬면서 머리를 조각조각 쪼아 게걸스럽게 먹는 것을, 새끼 몸속의 작은 기생충들이 내 전신의 혈관을 헤엄쳐 들어와 산소를 빨아먹고 영양을 훔쳐 달아나서 작은 새들이 순식간에 성체가 되도록 온 힘을 다하는 것을, 그들은 보지 못해. 내 몸을 찢어 내어 너덜너덜한 살점을 증거물로 보여 주려고 했던 적도 있었어. 여기, 바로 여기, 파먹히고 있어요. 잡아먹히고 있어요. 아무리 토해도 사라지지 않는 구토와 어지러움이 있어요.

아, 차라리 고통은 참을 수 있었다. 그러나 구토는 익숙해지지 않았다.

내가 증거물을 들이대면 그들은 눈을 돌렸어. 처참해서

일까? 나는 의아했어. 도와주겠다고 말하면서, 무엇이든 말해 보라고 말하면서, 막상 내가 옷을 벗고, 꽁꽁 싸맨 머리 뚜껑을 조심스럽게 열어 보여 주면 경악하면서 눈을 감거나 뒷걸음질 쳤어. 감당할 수 없었겠지. 처음에는 그들이 원망스러웠지만 차차 나는 미움보다는 연민의 마음이 들었어. 그리고 나는 작은 진실 하나를 알게 되었어. 그들의 견고한 조각들은 보지 않고 듣지 않음으로써 모양이 유지된다는 것을. 그러나 연민은 곧 질투가 되었지.

열등감. 알고 있니. 너에게도 지난 몇 년 동안 내내 열등감을 느꼈어. 너를 사랑했지만, 사랑하는 마음에는 아마 열등감이 지핀 불이 있을지도 모르지. 나는 비틀리지 않은 사랑을 하지 못하는 걸까? 이제 와서 그런 것들을 밝혀내는 것은 중요하지 않아. 너는 불이 꺼지지 않은 사람이야. 너의 혈관 속에도 멈추지 않는 기생충들이 꾸물대고 있지. 너 역시 기생충을 태우기도 하고, 기생충들이 타고 내려가는 혈관을 뜯어 불태우기도 하지. 그러나 너는 벗어나려는 마음을 버린 사람. 너는 기생충과 공존하는 사람. 너는 너 자신을 받아들인 사람. 너는 기생충들조차

110

길들였어. 너는 아이를 어르듯 너를 산 채로 파먹는 것들 모두를 기꺼이 다독였어.

자, 내 머리를 쪼고 내 팔목과 발목을 묶어라. 나를 괴롭히고 내 살점을 물어뜯어라.

너는 너 자신을 펼쳐 놓았어. 어떻게 그럴 수 있었을까. 너는 어디든 갈 수 있었어. 그들은 너와는 어떤 공생의 관계를 찾을 수 있었던 걸까. 너는 다른 이들에게 몸을 열어 고름을 내 보이는 대신, 그들의 말과 방식으로 직접 교섭했던 거야.

이 편지는 책 한 권만큼 계속될 수 있겠지만 나는 그렇게 하지 못할 거야. 그러려면 시간이 필요하니까. 더는 시간이 없어. 너에게 정말 미안해. 나를 사랑해 줘서 고마워. 마지막 의문이 있다면 네가 도대체 어떻게 나를 사랑할 수 있었을까 하는 것. 믿어 줘. 나는 최선을 다했어. 나는 발버둥 쳤어. 내가 아니기 위해, 내가 나와 함께할 수 있기 위해 생각할 수 있는 모든 방법을 다 써 보았어. 조금의 숨만을 허락한 늪은 밀물처럼 나를 삼키고, 나는 마지막 숨을 남긴 채 너에게, 너에게 그 마지막 숨을, 오로지 너를 사랑했다고, 사랑을 알게 해 주어서 고마웠다고 말하고 싶어.

　나는 모든 고정된 것들을 이해하지 못했어. 어떤 형태로든 먹어야 생명이 유지된다는 것, 성별, 계급, 돈, 직업, 가족, 사회, 국가, 관계, 동물, 지구, 삶, 그 무엇도 이해하지 못했어. 나는 모든 것을 거부한다. 너는 내가 견딜 수 있었던 유일한 완고함이었어. 네가 사실은 고정된 사람이 아니라는 것을 알았기 때문에, 그럼에도 불구하고 고정을 견디고 있는 사람이라는 것을 알았기 때문에, 삶과 싸우면서도 삶에 진심으로 감사하는 사람이라는 것을 알았기 때문에, 모든 경멸 받아야 마땅한 것을 경멸하면서도 그러한 경멸의 대상이 자신의 내부에도 있다는 것을 진정으로 수용했기 때문에, 너는 너를 사랑하는 사람이었기 때문에, 너는 조금의 희망을 보여 준 사람이었기 때문에, 너는 오직 희망이었기 때문에. 너는 이제 다른 모래에게 희망이 되겠지. 나를 잊고 살아가 줄래. 없었던 일처럼. 없었던 일처럼 나는 떠나간다. 마지막 말은 남기지 않을게. 모든 순간이 마지막이었어. 모든 순간을 나는 그저 거절하려고 했을 뿐인데. 날

짜와 계절을 알 수 없는 시간에 너를

　편지는 거기서 끝이 났다. 20리터 종량제에 든 바나나
가 옆으로 미끄러졌는지 바스락 소리가 났다.

네가 어디 있든 상관없어 너를 찾고 말 테니

별 별 아래
너 너 아래
땅 땅 아래
씨앗 씨앗 아래
땅 땅 아래
또 땅 땅 아래
마그마 마그마 아래
또 땅 땅 아래
땅 땅 아래
바다 바다 아래
하늘 하늘 아래
별 별 아래
너 너 아래
또 별 별

세상의 죄를
사하러 온 백숙

아구

아구는 생각했다

흐물흐물한 꼬리
뭉툭해진 꼬리
짓물린 꼬리

아구는 차가운 얼음 위에서 속절없이 쫄깃해진다
그건 아구의 진짜 살이 아니다

아구는 생각한다

나는 아구를 잡아먹는 아구였던가
아니면 아구에게 잡아먹히는 아구였던가
나는 불을 밝힌 아구였던가 나는 불을 토하는 아구였
던가 나는 불을 피우는 아구였던가 나는 아구였던가

아구는 느낀다

얼음이 달그락하는 소리에 깼더니 고양이의 얼굴, 색

깔 없는 두 구체가 어둠에 스친 빛으로 푸르게 내려다본
다 아구는 애태운다 좀 놀아 주지 못할 것도 없지 아구는
뼈를 곧추세운다 물렁해진 살을 뚫고 나오는 씩씩한 뼈
이대로의 모습이 썩 마음에 든다 크왜애앵!!! 쿠오우애애
앵!!!

　아구는 듣는다

　시장의 낡은 아침이 오는 소리 못생긴 빨간 플라스틱이
살점을 달고 떨어지는 소리 군데군데 뜯기고 멍든 소리 사
람의 손가락, 사람의 손바닥, 사람의 살점, 사람의 주름, 사
람의 손가락이 내는 비명의 소리 쿠왜애애애애앵!!!!!!

세상의 죄를 사하러 온 백숙

은행잎은 뼈만 남고
우리는 일제히 백숙을 물어뜯는다

백숙은 우리의 구원자
할 말이 없어지면 할 말이 부끄러워지면
젓가락으로 백숙을 뒤적일 수 있도록
백숙은 제 몸을 산산이 펼쳐 놓는다

개 됐더라 참하니
지 욕심 안 부리고
애가 마음이 딱 됐어
얼굴도 그만하면 됐지 연금 나오지
일단 애가 나대지를 않잖아

형은 나에게 삐끔삐끔 손을 올린다
그렇게 모두한테 다 알리면 어떡하니

나는 들은 말을 전달했을 뿐인데
다 같이 백숙 뜯을 땐 아무렇지도 않더니

차에서 보니 또 쪽팔리긴 한가 보다
그런 것들로만 피와 살이 이루어져 있다
마지막 관절 하나까지 안으로 굽는

　모두가 할 말을 찾는 동안 나는 말하지 않아도 되는 것
들을 줍는다

삽화

　바람이 불었고 아침이 왔고 비가 내렸고 우산이 찢겼고 물을 마셨고 약을 먹었고 커피를 샀고 글을 썼고 계획을 세웠고 고개를 저었고 손을 주물렀고 그러자 너를 떠올렸고 세수를 했고 로션을 발랐고 담배를 피웠고 백업을 시켰고 마우스를 충전했고 빨래를 돌렸고 이불을 개었고 집이 흔들렸고 천장을 올려다보았고 옷을 널었고 아침이 갔고 싸락눈이 휘날렸고 물이 떨어졌고 바람이 들었고 창을 닫았고 청소기를 돌렸고 반짝이 스티커를 이리저리 돌려 가며 보았고 닫힌 책의 등을 멍하니 바라보았고 오늘은 빵을 만들리라 생각했고 번역을 했고 하지 않은 것들을 했다고 적었고 눈이 그쳤고 계란을 삶았고 빵을 구워 살구잼을 발라 먹었고 찢긴 우산 더미가 목까지 차올랐고 거짓말을 더 능숙하게 했고 거짓말을 본격적으로 하는 사람이 되어야 했고 어떻게 하면 거짓말이 더 사실처럼 느껴질 수 있을까 골머리를 앓았고 어떻게 하면 거짓말이 거짓말이라는 것을 알릴 수 있을까 고민했고 거짓말이 뭔지 궁금했고 거짓말을 잘할 수 있을 때 나는 자유로워지는 것이 아닌가 그러나 거짓말을 진실처럼 말할 수 있다면 더더욱 오해가 없을 것 같았고 진실이라는 것의 허망함에 지쳤고 자꾸만 진실을 내어놓으라고 우기는 통에 더욱더 진실이 무엇인지 알 수 없게 되었고 거짓말과 진실은 이름만 바꾸어 거짓말은 거짓말의 진실이 되었다가 진실의 거짓말의 거짓말의 진실이 되었다가 진실을 탐했다가 진실을 내쫓았다가 진실을 붙잡았다가 진실과 한 몸이 되었고 진실은 애초부터 거기 있지 않았으므로 거짓말은 제 몸을 끌어안고 슬피 울다 보니 어느새 하나의 진실이 되어 있었고 차차 자신을 잊어 갔고 자신의 잊힌 이름이 못내 지겨웠던 거짓말은 원래의 제 이름을 불러 줄 이를 찾아 길을 떠났고 그 길에서 수많은 거짓말들을 마주쳤고 대부분의 거짓말들은 자신이 거짓말인지도 모른 채―아니, 그것은 진실이 아니다―거짓말임을 상관하지 않은 채 가장 진실된 삶을 살고 있었고 진실과 거짓말을 구별 없이 속삭였고 거짓말은 문득 서러워져서 자신과 같은 거짓말이 어디 없나 그를 찾고 말리라 다짐했고 길을 나선 거짓말의 뒤로 다른 거짓말들은 저도 모르게 줄지어 섰고 거짓말들의 긴 행렬은 거짓말쟁이 산을 넘었고 거짓말쟁이 구름을 만났고 거짓말쟁이 해 아래 거짓말쟁이 볕을 쬐었고 이윽고 거짓말쟁이 바다에 도착한 거짓

말과 그를 따라나선 수많은─이제는 끝이 보이지 않는─
거짓말 집단은 지친 몸을 거짓말쟁이 파두에 담갔고 거짓
말쟁이 썰물을 타고 아래로, 아래로, 아래로 쓸려 내려가
가장 깊은 바다의 거짓말을 만났고 그곳에서 자신의 얼굴
을 비춰 본 거짓말들은 화들짝 놀라 지니고 있던 모든 것
을 내려놓고 도망쳐 나왔고 땅으로 꺼졌는지 하늘로 들려
올라갔는지 자취를 찾을 수 없었고 거짓말 행렬의 긴 허
물만이 남아 미생진실은 영양가가 많은 허물을 조금씩 뜯
어 먹으며 몸집을 불렸고 진실군집을 이루어 거짓말쟁이
바다를 뒤덮었고 바다 밑 거짓말쟁이 땅까지 진실의 뿌리
를 박아 넣었고 진실의 나뭇가지들은 거짓말쟁이 하늘을
꿰뚫어 즙을 빨아 먹었고 게걸스럽게 자꾸 자라나 더 이
상 잡아먹을 것이 없어진 진실의 괴물은 제 몸을 베어 먹
기 시작했고 비대한 배를 간신히 접어 진실의 발가락부
터 진실의 물갈퀴, 진실의 허벅지, 진실의 꼬리, 진실의 엉
덩이, 진실의 전립선, 진실의 질, 진실의 배꼽, 진실의 지느
러미, 진실의 날개, 진실의 젖꼭지, 진실의 더듬이, 진실의
눈알까지 다 와작와작 씹어 먹었고 진실의 입은 마지막까
지 남아 진실의 입술을 베어 먹었고 진실의 볼 안쪽 살을

녹여 먹었고 마지막으로 진실의 이를 삼켰고 위치만 남은
진실은 구조 신호를 보냈지만 좌표마저 먹어 버린 진실은
거짓말 신호밖에 보낼 수 없어서 애타게 기다려 보았지만
진실과 진실이 소화시킨 거짓말의 허물은 영원히 찾을 수
없게 되었다. 한편 거짓말과 그를 따르던 거짓말들은 뿔뿔
이 흩어져 팽창하며 싹을 틔웠다. 옥상의 새들이 떨어지
듯 헤어졌고 구름이 길을 남기며 떠났고 비와 눈은 뒤범
벅으로 떨어졌고 안개가 피었고 우유 팩을 헹궜고 계란을
깠고 머리를 감았고 대강 말리다 말고 급히 집을 나섰고
가는 길에 분리수거를 했다. 대문 앞에 내놓은 음식물 쓰
레기를 깜빡하고 두고 나왔다.

머리가슴배

선생님 어제로 가려고 하는데요

뚱딴지같은 말을 안 하려고 하는데요

거울 보고 비치지 않는 글을 쓰려고 하는데요

선생님 배가 고파요

떠나갑니다 좁아진 세계가 떠나가요

머리에서 나오는 것은 손에 든 것보다 썩어 버렸습니다

손을 흔들다 보니 오른손은 바닥에 떨어졌어요

선생님 그제로 가려고 하는데요

그것도 안 되나요? 그러면 도대체 되는 게 뭐야?

흘러나오는 것은 비친 것보다 음식 쓰레기예요

태어난 순간부터 음식 쓰레기예요

그렇다고 함부로 버리지 마세요

좀 냄새를 풍기게 놔두세요 선생님

그것마저 못 하면 음식 쓰레기는 어디로 가나요

꽁꽁 언 겨울날 말라비틀어질 수도 없는

음식 쓰레기는 어디로 가나요 선생님

그저께로 가려고 하는데요 음 음 선생님

떨어진 손목도 붙이고 앉은 이도 걷게 하신다는데

저는 그저 그저께로 가려고 하는데요 네?

선생님 제가 무엇을 하면 되나요?

제가 어디로 가면 되나요?

제가 할 수 있는 것을 가르쳐 주세요

수천 겹의 얼음을 녹이고 나는 냄새를 비추는

나의 잘못 끼워진 반쪽

구멍 난 음식물 쓰레기봉투 저 졸졸 바닥에 떨어지게
좀 내버려두세요

냄새 뒤로 타원이 보여요

냄새 뒤로 포물선이 보여요

나는 타원에서 포물선으로 가는 하나의 식을 찾을 수
없지만

그러나 나는 냄새일 뿐이니까요! 선생님

저를 저를 버리지 마세요

차오름

거스러미를 한판 뜯고
맑가 새살이 돋았을 때
거스러미를 뜯어도 손이 남아 있는 한
며칠 몇 주가 걸려도 때
낸 살이 다시 차오른다는 것을 알았고

차오름이라고 하면 왠지 차가운 꿈에서의 등산이 떠올랐는데

잠이 들었을 때야 차오르는 것과 눈을 떴을 때야 차오르는 것이 있다는 것을 알았고, 동시에, 그러므로, 눈을 감았지만 잠이 들지는 않았을 때 차오르는 것과 잠이 들었지만 눈을 감지는 않았을 때 차오르는 것이 있다는 것을 알았지만, 안다고 해서 더 차오르도록 할 수는 없는 것이었고, 모른다고 해서 더 차오르지도 않을 것이며, 그렇다고 잠이 들었으면서도 들지 않았고 눈을 떴으면서도 뜨지 않을 수는 없는 일이었다.

상형문자

깨어났을 때

여전히

가죽을 둘러쓴 채

그것도 나의
나의 가죽을

여전히

피와 살 위에

여전히

나의 가죽이 된 그 가죽
그 가죽을 뒤집어쓴 채

오늘도 역시 삼각형이 되지 못한 사실에
큰 실망을 하여 밤이 오기만을 기다리며
뜻 없이 집을 나섰고 피와 살과 무엇보다
가죽이 부끄러워 그늘 핀 골목길만 골라
벽에 몸을 붙이고 열없이 걸음을 옮기다

　　　　팔과 다리 길이가 같은 개구리

　　　머리가 채 들어가지 않은 꼬리와
　　　구분되지 않을 만큼 납작이 눌려
　　　45도로 뻗어 나간 팔다리와 함께
　　　전후좌우 완벽한 대칭을 이루며
　　　　　펼쳐져 있는 개구리를

　　　　　　　　　껌딱지나
희한한 문양의 기름때 같은 걸로 착각해

밟을 뻔했는데
밟는다고

한들 그가 덜 죽어지거나 삼각형
같은 것으로 태어나거나 할 리는
없었는데 또 밟지 않는다고 해서
그가 덜 죽어지거나 삼각형 같은
것으로 태어날 리도 없었고

그의

내장은

살과 피와   가죽 위쪽으로

밀려 나와

이미

표피의 일부가 되어서

검게 빛나며 익어 가는 아스팔트의

어그러진 무늬라고밖에는

부를 길이 없어서

엷은 연두가 스치는

몸 알갱이 곁을 말없이 서성이자

길은 빙글빙글

　　　　눈에 달라붙었고

　　　　발에 달라붙었고

길은 진득진득

그의 곁에 펼쳐진 두 얼룩

>> 　　　　　　팔다리 없는 타원 아니 이젠
　　　　　아스팔트라고 하는 게 좋을 아니
　　　　뭐라고 부르든 같은 뜻일 개구리
　　　　꼬랑지가 묶인 반 동강 지렁이

　　　　　　光　　　　　0　　　　φ

　　　　　　그 곁에 집을 지었다
　　　　　집이라고 해 봐야 몸을
　　　뉘었다　　　　몸을 대자로
　　　　　　　펼칠까
　　　　　　　했으나
　　하늘은　　　　눈이 부셔
　　반대로　　　　몸을 돌려
　　다리에 고개를 파묻으며
　　　　몸을 둥글게 말았다

바다는 자물쇠가 없어

그러다 열쇠를 잃어버려 빌라 입구에서 집주인이 오기
만을 하염없이 기다리고 있는데 맨날 마주쳤지만 서로 얼
굴만 알았지 데면데면하던 곱등이가 엄숙하게 말했다.

두려워 마라. 근심 걱정 버리고 나에게 오라.

우렁찬 뒷다리! 하수구로 쏙 들어갔다. 폴썩. 반쯤 피운
담배꽁초로 만든 샹들리에가 흑백의 빛을 내뿜었다. 한
가운데 망망대개울이 흐르고 그 수평선으로 날짐승과 물
짐승과 뭍짐승의 내장이 분수처럼 솟아오르며 까맣게 반
짝거렸다. 구멍이 숭 숭 숭 뚫린 돌로 쌓아 올린 탑들이
곱등이의 꽁무니에라도 닿기 위해 여기저기서 손을 내밀
었다. 얼굴에 녹색 물방울이 똑 똑 똑 떨어졌다가 붉게 금
빛으로 쉭쉭쉭 타올랐다. 가장 높은 탑 위로 떠오른 곱등
이가 한 발을 들어 장엄하게 선언했다.

너는 물속에서도 숨 쉴 수 있으리라.

우렁찬 뒷다리! 지체하지 않고 뛰어들었다. 빨대 비닐,

과자 봉지 비닐, 담뱃갑 비닐, 콘돔 비닐, 포장지 비닐, 랩 비닐, 지퍼락 비닐, 일회용 장갑 비닐, 셀로판 비닐, 코팅 비닐, 투명한 비닐, 당기면 늘어나는 비닐, 반투명한 비닐, 당기면 끊어지는 비닐, 불투명한 비닐, 얇게 휘는 비닐, 두껍고 딱딱한 비닐. 비닐들은 하염없이 손을 흔들며 비닐비닐비닐 발가락을 간질였다. 하얗게 빛나는 우아한 연가시들이 비닐 사이를 하늘하늘하늘 날아와 반갑게 꼬리를 흔들었다. 바다의 숨은 이곳까지 닿아 우리는 그 숨을 따라 쉬었다.

그중 하나가 웃으며 반쯤 녹은 열쇠를 내밀었다.

비엔나소시지

(수면 아래 갇힌 앞뒤로
모조리 잠겨 버린 물속
을 나갈 수 없다는 것을 이제 막
알아 버린 사람 먼 곳으로 가고 싶어
아침 공기에 스며든 비
피부를 적시는 공기
아 쇠통에 들어서 모두가
어디론가 갑니다 아무도 어디로
가는지 모르고 기관사조차도
선로를 따라 짐짝처럼 운반할
뿐이에요 한곳에서 다른
곳으로 다시 다른 곳에서
한곳으로 나는 걷고 싶어요
내려서 다리를 쓰고 싶어요
그런데 그러면 너무 느리다고
제시간에 도착하지 못한다고
제시간에 도착하는 건
이제 지쳤어요 머리를 헤엄쳐
갈게요 차라리 빙빙 도는 게

낫겠어요 머리카락 미끄럼틀
아 조금 숨을 쉴 수 있을 것 같아요
물냉면 목소리를 듣고 싶어요
외국에 있다고 해서 떠나온
어머니의 땅을 그리워하는
것은 너무 천박해
보였어요 그립지 않은 것을
그리워할 때만
너의 그리움이 진실된
것 아니냐 누구라도 자신의
터전 익숙한 굴레의 양식에서
찢겨져 나온다면
그렇게 그리움을 느낄 텐데요
내가 조국이라면 그런 그리움은
필요 없어 내가 그립지 않을 때
그때) 나를 그리워해 다오
(환멸을 틀어 놓고 양말을 개고
손바닥만 한 붙박이장에 쌓인
미움 아 옷가지들을 꾸역꾸역 정리해서

다시 꾸역꾸역 밀어넣고

꾸역꾸역 쌓인 것들을

꾸역꾸역 꺼내 입고)

어머니 저는 (꾸역 꾸역) 살아갑니다

(꾸역 꾸역 목소리를 지니고

나오지 않는 손발을 꾸역꾸역

밖으로 매일 아침 밀어내면서

밤 내내 천장을 달리던 개

뼈다귀를 쾅쾅 던지고 보는 저 개

밤 내내 잠 이루지 못하고

망치로 그의 문을 깨부수는 상상을

하다가 피투성이가 된 손을

꾸역꾸역 몸에 감아 하나도

움직이지 못하는 포로가

되어) 저는 (꾸역꾸역)

걸어갑니다 (어머니

삶은 이다지도 꾸역꾸역

한 것인가요)

도시락통에 (꾸역꾸역) 담긴

(매일의 반찬 소시지 반투명

하고 케첩에 옅은 붉은

물이 든 양파 얇게

썬 당근 몇 개 나는

당근이 그렇게도 어이가

없었어요 꾸역꾸역 비좁은

포일 수천 개의 흐려진 빛

속에서 소시지를 하나

더 담지 않고

그 자리를 뚱하니 비집고

차지한 얄미운 당근

당근의 두꺼운 쪽은

안에 심이 있어서 무 맛이 나요

무 맛 나는) 당근을 (먼저

다 집어) 먹어요 (꾸역꾸역

지금 생각하면 당근 하나 양파

하나 소시지 하나 해서 먹으면

소시지의 달착지근한

화학적인 맛도 좀 중화되고)

아삭아삭 (씹히는 맛도 있고)

탱글탱글

(그럴 텐데 그렇다고

야채들이 그런 최상의 식감을

가지자고 기껏해야 도시락통 같은

것에 들어가 있는 것은 아니에요

그것들은 충분히

식혀지지 못한 상태로 숨이

죽어 습기 차고 어두운

도시락통 도시락통

안에서 물컹물컹

해지고 너절너절

해지고 나분나분

해지고 양파도

당근도 소시지도 조금씩

서로의 향을 닮아 가고

다 비슷비슷한 몰캉몰캉한

식감이 되고 비슷비슷한 맛이

되어 버려요 그러니까

당근을 먼저 다 건져 내고
한데 모아 한번에 입에 넣고
씹어요
무슨 맛인지
잘 모르면서
무슨 맛인지
생각하지 않으려고
어딘가 뜬 눈을 질끈 감아 버리고
그것들이 뭉근한 그리고
침과 혀와 온도와 섞여
미지근한 아니 조금 뜨끈한
죽이 될 때까지 가끔은
그런 고약한 맘이 들어요
아니 거의 대부분 왜인지
대강 씹어 삼키잖고
토사물과 비슷한 질감이
될 때까지 그것을 씹고
이것이 침인지 수액인지
당근인지 뭔지 모를

때까지 그렇게 씹고
있어요 어딘가의 눈을
질끈 감고 왜인가 나도
모르겠어요 그것을 싸는 어머니
당신을 생각해서인가
그렇다면 이렇게 괴로울 일은
무엇인가 어쩌면 이다음에
올 소시지의 맛을 극대화하기
위한 본능적인 행동이었을
수도 있겠습니다만 그다음으로)
양파를 (미끈미끈한 양파를)
(비슷한 방식으로) 씹어요
(그렇게 눈을 질끈 감은
고역이 끝나고 나면
포일에는 소시지들만이
누워 어쩐지 초라한 모습으로
진이 빠져 버린 모습으로
나를 보고 있는데
그 순간 항상 어떤 깊은

실망 삶에 대한 회의를
느낍니다 분명히 이것을
원했는데 막상
그 모습을 보면 보잘것없고
어딘가 모자라요 왜 야채를
먼저 다 건져 먹었을까
케첩 물이 든 양파는
사실 식감이 최상은
아니더라도 조금의 신맛과
단맛이 어우러지는 게)
새콤달콤 (소시지 하나와
같이 먹을 때 더 맛있거든
소시지는 야채 물이 빠져
나온 희멀건한 분홍
물에 찰박찰박 몸을
담그고 조금씩 불어나고
있는데 그 모습이
꾸역꾸역 포일에
수천 개의 면으로

쪼그라들어 배에
소시지 국물 같은 것을
소중히 담고 있는 포일에
마음이 수천 갈래로 베일 것만
같아요 소시지를
들어 올려 이빨을 박아 넣는데
입안에 남은 당근 죽과
그 위에 양파 죽의 맛이
이제 영원히 떠돕니다
유령처럼)
(뚜껑을 열자마자
소시지 하나를 먼저
먹으면 그게
제일 나을 텐데
적어도 소시지의 어떤 정수에
가장 가까운 맛, 식욕의
고점과 소시지의 장점이 시너지를
이루는 맛) 순간적이지만
완전한 기쁨 (같은 것이 있을

것인데 엄마 나는 항상

당근을 다 먹고

양파를 다 먹고 그들의

유령 꾸역꾸역한

끈적끈적한

유령)과 함께

(꾸역꾸역) 소시지를 먹습니다

(꾸역꾸역 온 오늘 꾸역

꾸역 도시락을 싸고

그런데 어머니

꾸역꾸역 도시락을

어떻게 그렇게 매일 쌌습니까

한 김 식힐 시간은

어디서 찾아왔습니까

애초부터 소시지만

넣었으면 훨씬

빨리 볶을 수 있었을 텐데

물도 거의 나오지 않고

매일 군침을 흘리며

하나만 주길 바라던

내 짝의 케첩으로만

된 꾸덕꾸덕한 소시지볶음

그런데 한 번도 빼놓지 않고

양파와 당근을 썰어 넣는다는

것은 얼마나 착실한

일입니까 얼마나

열심한 일입니까 특히

양파가 벗겨져 있지

않고 당근이 씻겨져 있지

않을 때 그것들을 꺼내서

벗기고 옷을 입으면서

나를 깨우고 도시락통을

꺼내고 밥을 퍼서 넣고

그 밥은 언제부터 밥통에 들어 있었

겠습니까 당신은 요정인가요

도시락통은 왜 3단으로 되어

있는지 왜 국과 밥과

반찬을 다 채워 넣어야만

3단이 완성이 되는지)
당신의 눈앞에는
(어떤 것도 펼쳐져 있지가
않습니다 어젯밤에 당신은
어떤 꿈을 꾸었나 물어본
적이 없는데 당신의 눈 안에
김 부엌 타일 냉장고에서
꺼낸 차가운 국을 굳이
데워서 교실에 전자레인지
하나가 있었다면 그렇게
꾸역꾸역 아침부터 국을
데우고 소시지를 볶고 찬
반찬 더운 반찬 김치를
각각 포일로 그 비좁은
도시락통을 지혜롭게도
기술적이게도 딱
3등분으로 나누어
나는 그런데 국물이 흐르면
화가 났습니다 당신에게는

아니고 국물에게 그리고 신부님의
고고하고도 자애로운 모습을 문득
떠올립니다 급할 것 하나 없이)
피와 살을 (먹이로 만들어 느리게)
우아하게 (천천히 들어 올리고는)
(선심 쓰듯이 하나씩 손바닥에)
놓아 주는 (경건한 손길)
(그의 눈은 자애로 가득
차서) (나는 늘 부끄러워
집니다) 구김 하나 없이
다려진 수의
(제단의 수건들과 천
쪼가리들을 수놓은) 우아한
제단 앞 흐드러진
꽃향기 (아 우아하고
거만한 그 꽃향기 나는
그런 것들을 생각하면서
돼지를 갈아서 플라스틱을
입혀 놓은 소시지를

꾸역꾸역 씹어서
꾸역꾸역 삼킵니다
그리고 나는 지금 꾸역꾸역
그대를 떠올리면서 손이
끊기지 않도록 건져 올린 것이
끊기지 않도록 꾸역꾸역
감아올립니다 당신도 소시지도
건져 올려 바싹 널어 놓고 싶습니다
소시지는 어디로 갔나요)
말해 주세요 (나의 절망이
왜 이토록 깊은지 왜)
세 번 칼집이 들어가 뒤로
꺾여진 경건한 순교자
(소시지와 희멀건한 피가
이렇게 나를 구토 나게
하는지 왜
그 케첩 물에 희미하게
비친 내 얼굴 그 뒤에
당신의 베인 손가락이)여

(분주한 립스틱 제단에서
자매는 소시지를 세 번
칼집 내고 흙 묻은 당근을
씻으며 양파의 껍질을 벗기며
국을 푸고 양파를 썰고
당근을 썰고
냉장고 문을 열고
케첩을 꺼내
뿌리고 소금을 뿌리고
도마와 칼을 씻고
프라이팬을 들고 몇 번 흔들고
참깨를 뿌리고
자애는 마지막에
참깨를 뿌리지 않는
고결하고도 게으른 자의
것입니다 국물이 생기지
않는 종류의 것입니다
비엔나소시지에
칼집을 세 번 넣는

번거롭고 지저분한 짓
따위는 하지 않는
이미 다 구워진 빵을 그 고귀한 살을
뜯어 바닥에 부스러기가 떨어지는
것도 아랑곳하지 않고)
(여러 갈래로 나누어
온 세상의 죄인을 구한다고 믿는
것입니다 꾸역꾸역
바닥을 쓸고 쓴 바닥이
다시 빵 부스러기로 가득
차고 그것을 다시 쓸고
그 과정을 모르는
자의 것입니다) 저에게
저에게 자애를 베푸소서
(내가 갈 곳에는 비엔나
소시지와 같은 추잡한
것들이 없게 하소서
꾸역꾸역 살아 낸 것들
의 기억을 모두 잊게 하소서

무덤

말을 묻고 나면 꽃 대신 침을 뱉곤 하였는데
특별한 뜻이 있는 것은 아니고 그냥
그곳밖에 맘 놓고 침을 뱉을 수 있는 곳이 없어서
내 무덤에는 맘 편히 침 뱉을 수 있을 테다

날파리의 노래

오늘 아침 눈 뜨니
나는야 쓰레기통
바나나 껍질에서 태어난
나는야 즐거운 날파리

이리 날아도 저리 날아도
먹을 게 끊이지 않아
여름은 내 아침점심저녁
여름은 내 생일
여름은 내 무덤
여름의 마지막 해가 지면
내 날개도 함께 지겠지만
난 두렵지 않아
왜냐면 왜냐면
여름 첫 해가 찾아오면
새 날개를 달고 찾아오면
되니까 그러면 되니까

사는 게 넘 행복해 아

뭣보다 너 그거면 난
충분히 다 가졌어 널
원하고 날 줄 거야 네
입술에 쪽 내 맘을 넌
들어줘 꼭 껴안고 나
두 쪽 난 이 사랑을 아
영원히 아 영원히 아

내 말을 널 위해서 쓴
이 노랠 넌 버리지 마
네 영혼 속 깊은 곳 잘
놓으니 꼭 찾아와 줘
기다려 줘 사랑해 줘
이어 가 줘 버리지 마
영원히 아 영원히 아

목련은 죽음의 꽃

목련은 죽음의 꽃

주변에는
자라들이 주로
없었고
그래서인지
주변에는 죽는
자라들이 주로
없었고 그러나

주변에 있는 몇
안 되는 자라들
가운데는
주변에 주로
많은 자라들이
있는 자라들이
많지는 않아도
몇몇 있었고

어쩔 수 없이
주변 자라들의

주변에는
어쩔 수 없어서
죽는 자라들도
종종 있을 것
같았지만
자주
라고 할
수는 없어도
종종이라고
하기에는
잦았고

주변에 있는 몇
안 되는 자라들
주변의 많은
자라들 가운데
자라 하나가
종종 자주
죽으면 죽지
않은 자리에는
초대받지 못해서
죽은 자라를
종종 잘

언제부터인가

언제부터인가

언제부터인가　　　　알지는 못하거나
　　　　　　　　　　주로 전혀
　　　　　　　　　　알지 못했지만
　　　　　　　　　　죽은 자라와
　　　　　　　　　　작별하는
　　　　　　　　　　자리에만은 자주
　　　　　　　　　　초대를 받았고

　　　　　　　　　　자라의 범절을
　　　　　　　　　　잘은 몰랐지만
　　　　　　　　　　장례식만은 자주
　　　　　　　　　　초대를 받아서
언제부터인가　　　　장례 절차만은 잘
　　　　　　　　　　알고 있었는데
　　　　　　　　　　장례식에
　　　　　　　　　　초대받은 날이면
　　　　　　　　　　정성스레
　　　　　　　　　　얼굴에
　　　　　　　　　　붉게 칠을 하고
　　　　　　　　　　죽은 자라가
　　　　　　　　　　죽기 전에도
　　　　　　　　　　죽은 자라와
　　　　　　　　　　친분이 있었을

언제부터인가
목련의 향기에
눈뜨게 되었는데
그 침입적인
향기는 날
때마다 날
놀라게 했다.
아무리 맡아도
적응할 수가
없었다. 향기가
들이닥치는
모양새가 늘
갑작스럽기도
했거니와 하나의
길로 오는 것이
아니라 사방에서
둘러싸 버리는

죽은 자라
주변 자라
누구보다도
장례식에 먼저
일찌감치
도착해서
장의 자라들의
작업을
지켜보았고

장례식에 일찍
입장하는 것은
재수 없는
일이라며 주로
쫓겨나곤 했지만
자라들에 따라
혹은 자라들의
기분에 따라
종종
관람할 수 있도록
해 주기도 했고

그럴 때는

향기의 마음씨가
욕심 많은
것이기도
했거니와 향기의
구성이 참으로
놀랍지 않을 수
없었다.
이 향기를 찢어
어떤 것들의
배합으로
이루어진 것
이라고 말할
수는 없을 것
같았다. 물은
수소 두 개와
산소로 이루어져
있어서 전기
자극을 통해
각각의 원자로
분리할 수 있고
거기에 또 빛과
같은 전자기파를
쏨으로써 더

사후경직이
끝나고 밖으로
밀려 나와 축
처진 머리와
손발과 꼬리와
혀와 타액과
배설물을 닦는
장의 자라들의
손길이 좀 더
진지하고 좀 더
장엄해지는 것
같았는데

흐물흐물한
자라의 몸을 잘
닦고 나면 잘
찢어지거나 잘
해지지 않는
종류의 젖은
물풀로
등껍질과 배를
빡빡 밀어
엉겨 말라붙은

작은 것들로
나눌 수 있고 더
작은 것들은 다시
더 작은 것들로
나눌 수 있다,
고 다들 그렇게
믿고 있지
않던가. 나도
그런 것이라면
믿을 수 있을 것도
같았다. 그러나
목련의 향기는
도저히 나눌
수가 없을 것
같았다. 아무리
빛을 쏘아 대도
쪼개지거나
바래거나
갈라지지 않는 것
같았다. 오히려
더 강렬하게
불타오를 것
같았다. 고로,

검은 피와 검은
이끼를 제거하고
마른 물풀로
마무리를 한 후
붉은색 염료를
등과 배에서
시작해서 혀
끝부터 꼬리
끝까지 잘
발라 주었는데

자라로서는
죽지 않고는
혼자서 제 등에
붉은
칠을 할 수는
없는 노릇이어서
자라의 등에
붉은
칠을 하는
것을 볼 때마다
제 등도
붉게

목련의 향기를
세상을 이루는
가장 작은
단위라고
말할 수 있을 것
같았다.

칠해 주세요
하고 말하고
싶은 충동에
사로잡혔으나

죽은 자라에
대한 예의가
아닌 것 같아서
한 번도 입
밖으로 꺼내 본
적은 없는데

장의 자라들이
입에 혀를 밀어
넣고
각각의 구멍에
머리와 손발과
꼬리를 잘
정리해서 잘
넣어 주고
붉은 물풀로
틀어막아
절대로 다시는

자라가
흘러내리지
않도록 할 때는
나도 모르게
아무도 들리지
않게 절규하고
말았는데

죽은 자라에
대한 동정심
같은 것은 전혀
아니었고
나도 왜
그런지는 잘
몰라서 절규를
그칠 수가
없었는데
어차피 다른
자라에게는
들리지 않는
절규여서
장의 자라들은
그러거나 말거나

아랑곳하지 않고
등껍질이 아래로
가도록
자라를 잘
뒤집은 후
마지막으로
배에도 붉은
칠을 해 주었고

나는 자라를
마지막 순간에
뒤집어 놓는
관습을 잘
이해하지
못했는데
그래도
그때쯤이면
절규를 마치고
겉모습만은
절규하기
전이나 후나
다를 것 없이
조용히 염을

목련의 향기는
눈을 돌릴 수는
없는 그런 종류의
것이었다.
그것은 눈을
파고들었다.
그것은
속으로부터
들려오는
목소리를
지니고 있어서
눈을 감아도
귀를 막아도 그
향기만큼은
벗어날 수
없었으며
누구나 그

하는 과정을
지켜보았고

자라의
등껍질이나
배가 온전히
유지되지
않았을 때는
이미 바닥에
가라앉은 자라
중에서 몸이
완전히 썩어서
붉은 껍데기만
남은 자라를
건져 내고
등껍질을
반으로 갈라
그 안에
새롭게 죽어
새롭게 닦은
자라를 끼워
넣고 다시
닫은 후 염을

파고들었다

향기에만
닿으면 가장
안에서부터
목련이
되어 버리는
것이었다.
그것은
속으로부터
내리는 비여서
그 젖은
목소리가
슬픔과 기쁨의
내장을 녹이고
목련이 아닌
것들로 가득 차
있던 가련한
자들도
목련으로 다시
태어나도록 하는
것이었다.

파고들었다
그 젖은
목소리가

      속으로부터
      파고들었다
      그 젖은
      목소리가

마무리하고는
해서 장례식에
올 때마다
하나의 자라가
일그러져
찌그러진
죽음을 맞이하면
적어도
겉으로 보기에는
조금이나마 덜
일그러진
죽음에 도달한 덜
찌그러진 자라를
재활용하는
자라라는
종족은
매우
실용적이라는
생각을 하지
않을 수 없었고

장례식이라고
해서 딱히

평소와 다른
행동을 하는
것은 아니었는데
이상하게도
평소와는 달리
장례식에서만은
나의 행동이
그렇게
저어하게
받아들여지지
않는 것 같았고
장례식에서는
다른 자라들이
너그러워져서
그런 것 같기도
했는데
그렇다고
하기에는
여전히
장례식이 아닌
곳에는
초대받지
못했지만

나는 내가
생각하기에도
다른 자라가
생각하기에도
장례식에 잘
어울리는
자라임에는
틀림없는 것
같았고

주변 자라들의
주변 자라들
중에는
어쩔 수 없이
어쩔 수 없어
죽는 것치고는
어쩔 수 없이
어쩔 수 없어
죽는 자라가
지나치게 많다는
생각이 들었는데

자라나
자라가 아닌
자들의 제재나
자연재해의
절묘한 방해 없이
잘 자랄 수 있는
장이 제공되면
자라는 잘
죽지 않고 잘
자랄 수 있는
자라만의
재주가 있었기
때문에

자라의
죽음은 내가
자라라서가
아니라
자연의
입장에서도
전적으로 아쉽고
낭비처럼

여겨지는 것이
아닐 수 없었고

아무리 이유를
알려 해도
이유를 알 수
없는 이유로
앓다가 죽는
자라가 없는 것은
아니었지만
자라가 잘 죽기
또한 쉽지 않은
일이어서

불쌍한
불의不意의
사고事故나
불가해한
불의不義의
사고事故나
비밀스러운
불의不意의
사고思考로

죽는 자라가
없는 것은
아니었지만
생각해 보면

자라는

엘리베이터를
이용하지 않는 한
높은 곳으로
가기도 쉽지 않고
엘리베이터
문이 열리고
닫히는
그 짧은 동안에
어떻게든
엘리베이터
문에 끼이지 않고
엘리베이터에
타는 것은 더욱
쉽지 않았고
특히 누가

닫힘 버튼을
눌러서 문이
더 빨리 닫히는
경우에는
엘리베이터에
타는 것이 더더욱
쉽지 않았고
그러나
엘리베이터
문에 끼어서
죽는 것도
죽는 것은 죽는
것이었으므로
애초에
높은 곳으로
가려던 이유가
죽으려던
것이었다면
더 쉽고
빠르게
죽음을 맞이할
수 있긴 했지만

그것보다는
높은 곳에서
뛰어내리는 것이
불의들의
사고들이라
불리지 않고
어떤
미학적이고
심정적인
결단과 의미를
남기는 것이라는
마음이 들
수밖에 없을
것이므로

죽는 마당에

그런 하찮은 것을
고민할 정신이나
여유가 있겠냐고
할 수도 있겠지만
죽는 순간일수록
그런 것들이

하찮지 않고
제일 중요한
것으로 여겨질
수밖에 없을
것이므로

죽는 순간일수록
누가
말려 주었으면
좋겠다는 생각이
가장 강렬하게
들 것인데
죽는 순간에는
주로 주변에
말려 줄 수 있는
자라가 가장
없을 것이므로

자유로워지고
싶은 마음밖에
없다 하더라도
자유에 투신할
수밖에 없도록

만드는 것의
정체를 제대로
이해하지 못한다
하더라도

적어도
정체의
존재만은
명백히 보여
주어야 한다는
절박함이 들
수밖에 없을
것이므로

절실하게 죽음을
지향하면 할수록
엘리베이터
문에 끼어서
불의들의
사고들로
규정되고 말
죽음을 맞이하고
싶어 할 자라는

없었을 텐데

엘리베이터에
사고 없이 잘
탔다 해도
내릴 때도 역시
비슷한 관문이
기다리고
있었으며
엘리베이터
타고 내리기의
어려움을 뚫고
예컨대 43층에
도착했다
하더라도
아파트의
직각의 모조
대리석이나
이 색깔 저
색깔이 발린
콘크리트
벽면을
올라가기가

어려운 것은
차치하고
복도식 아파트는
거의 자취를
감추어서
폐쇄된 복도에
나 있는 작은
창문을
이용해야만
했을 텐데
밤낮을 가리지
않고 발톱을
세워 벽면을 잘
올라 갔다
하더라도 창이
열려 있지
않은 경우도
있었고

천재일우로
창이 열려
있더라도

목련의 향기는
지독해서 눈이
아팠고 속절없이
눈물을 흘렸다.

창 한쪽이
경첩에 고정된
상태로 다른
한쪽만 그것도
아주 조금
열려 있는
경우가 많아서
작고 어리고
여리고 아직도
몸이 무른 자라가
아니고서는 몸을
끼워 넣기가
어려웠고

적어도
엘리베이터에
끼인다면
적어도 문이
닫힐 때
짜부라지거나
적어도
엘리베이터가
움직일 때

목련의 목소리는
나의 것은
아니었고
누구의 것도
아니었으며
설령 누구의
것이라 하더라도
그게 누구인지
모르겠다고
말하고 싶지만
그렇게
신비스럽게
여기기에는 분명
내가 아는
누군가의
목소리였다.

적어도
문과 층간
사이에 찢겨서
비록
짧은 시간이
영원처럼
느껴질지라도
필요한 절대적인
시간은 짧게는
1, 2초
적어도
아무리
길어도
전 세포에
산소가 다
떨어질 때까지는
제아무리
길어 봐야 10초
이내일 테지만

사실
이 시간은
어떤 식으로

그것은 더 이상
여기에 없는
사람의 것이었다.

끼이느냐에 너무
크게 좌우되어
순간 몸이
반동강 나는 것
같은 직관적인
죽음이 아니라면
생각보다 너무
오랜 시간을
삶과 죽음
사이에 머물러야
할 수도 있는데
설사 굉장히
효율적으로
뇌나 심장을
도려내는 것
같은 효율로
순식간에 죽는다
하더라도
그 시간이
영원처럼
느껴진다면
실제로
그 시간은

영원일 것이고

아파트
복도의 창을
이용하는 것은
설사 몸을
밀어 넣는 데
성공했다
하더라도 끝까지
성사시키기
어려운 요소가
많았는데

창문에 끼어서
머리부터
밖으로
떨어지지도
엉덩이부터
안으로
떨어지지도
못하고
창문에 끼어서
굶어 죽거나

말라 죽거나
산 채로 새의
먹이가 된
자라들이
실제로
있었는지
의문이지만
충분히
가능성은
있는 일이었는데

주변에 자라가
별로 없긴 했지만
주변에 있는
몇몇
자라들이
별로 그런
이야기를 듣고
싶지 않은데도
그런 이야기들을
전해 주었고
그런 이야기들에
덧붙여

그는 바라면
이루어지는 곳에
있는 것일까?

자라가 새에게
산 채로
야금야금
파먹혀서
죽는다고
아파트값이
떨어지거나
아파트값이
떨어지든 말든
대부분의
인간에게
아파트를
장만하거나 할
가망은 없었지만
인간들은
그런 이야기를
몸서리를
치면서도
즐기는 것은
아니더라도
마음에 들어
하는 데가 있다는
말도 했는데

바라면

바라면
이루어지는 곳

그런 이야기를
어쩔 수 없이
어쩔 수 없어
듣게 될 때면
속으로는
그런 이야기가
마음에 드는
데가 있다고
생각하면서도
그런 이야기를
밖으로
꺼내지는
않을
계획이었지만

인간에게
회자되거나
말거나

자라는
아파트보다는
성공 확률이
조금 더 높은

그는 바라면
이루어지는 곳에
있는 것일까?

아파트
공사장으로
가는 경우가
많았는데
아파트
공사장의
화물용
엘리베이터는
비록
위아래 옆으로
온통 구멍이
숭숭 나 있어서

정신을 차리지
않으면 발이
빠지고 말
자라에 따라서는
정신을 차리지
않으면 온몸이
빠지고 말
수도 있기 때문에
정신을 바짝
차려야 했고

이렇게
정신을 바짝
차린 적이
있을까 할
정도로
정신을 바짝
차려야 했고

아파트
엘리베이터의
자동문과는 달리
아파트 공사장
승강기는
화물이나 인간이
적재된 다음
버튼을 눌러야만
닫혔기 때문에
밟히거나
깔리거나
빠지지 않는다면
충분히 높은
곳으로 오를 수
있었는데

217

바 닥 이 없 고
철 제 기 둥 과
콘 크 리 트 로
골 조 만 있 는
초 기 의 공 사
현 장 에 서 는
정 신 똑 바 로
못 차 린 다 면
발 을 헛 디 뎌
떨 어 지 기 가
쉬 웠 고 비 록

죽으러 가는
것이라 하더라도
죽음에 대한
충분한
정리를 한 후
정신을 차리고
죽고 싶은
자라로서는
정신을 똑바로
차려서 죽을

그는 바라면
이루어지는 곳에

곳을 찾아야
했고 비록

잡을 것이 딱히
없는 아파트
벽에 비해서
공사장에는
여기저기 걸린
전선이나
비스듬히 놓인
목판이나
철근을 붙잡고
이동할 수 있는
여지가 많았는데

피복이 벗겨진
전선에
감전된다거나
팔다리가
전선에 엉켜
목이 졸리거나
팔다리가 묶여
피가 말라 죽는

있는 것일까?

것만은 역시
피하고 싶으므로
여전히

정신을
똑바로 차리고
죽을 자리로
향해야 했기
때문에
정신을
차리다 보면
정신이 너무
차려져서
죽고 싶지
않아지는 경우가
많았으므로

그가 여기에
있었을 때 나는
목련을 몰랐다.
목련은 항상
거기에 있었을
텐데 왜 미처
몰랐는지 정말
알 수가 없다고
말하고 싶지만,
실상은 눈을
감고 있어서
그런 것이었고,

결국에는
공사장에서
죽기도 쉽지
않아서
여러모로

눈을 뜨는 것이
괴로워서 감고
있었다고
말하고 싶지만,
실상은 눈을
뜨는 것이
두려워서
그런 것이었고
두려움의 눈을
피하는 것은
두려움의
수없이 많은
눈들에
사로잡히는
가장 독보적인
방법이라는
생각이 그때는
들지 않았다.

불의들의
사고들이 아닌
죽음을
맞이하는 것은
쉬운 일이
아니었고

그런 죽음을
이룬 자라에
대한 존경심이
들었고
그러나
존경심과는
별개로

불의의 사고나
불의의 사고나
불의의 사고로
죽지 않고
완전히
제정신으로
죽기에 성공하는
자라는

아무리 생각해
보아도 그렇게
많을 리가
없는데
몇 안 되는 주변
자라들의 주변
자라들 중에는
그런 것 치고

죽음에 성공해서
죽음에 정착하는
자라가 많았고
주변 자라들의
주변 자라들의
죽음이
절대적으로
일반적인 숫자를
넘어서는
수치라는 것을
잘 모르는 바
아니었고
그러나

우리라고 할 수
있을지는
모르겠지만
어쨌거나 자라
사이에서
불법 자라로
여겨져서
부득이 우리라고
부르고 있는
불법 자라의
자리가 허락되지
않는다는 것을
그제야 문득
자각할 만큼
주변에 자라
자체가 별로
없었고

불법 자라인 나
자신을

비밀스럽게

부정하는 마음
때문에
라고 하기에는
제 몫을 다하는
것은 제쳐두고
저 어떤
몫조차 다하지
못하는 모자란
자라에게는
부정을 가할만한
자라 자신 자체가
도무지 없어서
자학의 은밀한
방종조차 학대를
가할 대상이 대체
누구인지를 좀체
찾지 못하기
때문에
불법 자라로서
제 몫을 다하는
제대로 된
불법 자라들처럼
제대로 된

그가 여기에
있었을 때 그를
알지 못했으므로
그가 여기를
떠난 후 그를
알게 된 것은
순전히 그가
목련이기
때문이었다.

불법 자라로도
자라지 못한 나
자신을
제대로 된
불법 자라들처럼
자랑스럽게
불법 자라라고
부를 수 있는
자신이
좀체 없어서
자신
자체가 없어서
그리고 그런
불법 자라로서의
낙오를
불법 자라들은
꿰뚫어 보았을
것임이
틀림없었기
때문에
오히려
불법 자라
가운데서 더

어느 날부터
목련은 가속하는
빛처럼 아연하게
나에게
달려들었고
나는 그것이 그가
바라서 그렇게
된 것은 아닌가
생각하기도 한다.
그는 바랄 수
있는 곳에
있는 것일까?
그는 바라면
이루어지는 곳에
있는 것일까?

겉돌게 되었는데
그렇다고
불법 자라가
아닌 자라들 속에
더 잘 스며드는
것은 아니었기
때문에

진정한
불법 자라도
되지 못하고
처음부터 끝까지
철저하게 잘못 나
잘못 자란
불의의 자라 더
정확하게는
불의의 생물 더
정확하게는
불의의 물질
이라고밖에 할 수
없는
불법 자라는
차치하고 자라

라고 부를 수
있는지도 알 수
없는 자라
라고밖에 할 수
없는
세대로 된
형태를 갖추지
못한 자라 더
정확하게는
불의의 생물 더
정확하게는
불의의
물질

이라고밖에
부를 수 없는
자신에 대해

죄책감과 그보다
더 부푼
자멸감과 그보다
더 부푼
절망감이 항상

자리 잡고
있었지만

자신을 가리킬
때마다

진정한
불법 자라도
되지 못하고
처음부터 끝까지
철저하게 잘못
나 잘못 자란
불의의 자라 더
정확하게는
불의의 생물 더
정확하게는
불의의 물질
이라고밖에 할 수
없는
불법 자라는
차치하고
자라
라고 부를 수

그는 바라면
이루어지는 곳에
있는 것일까?

있는지도 알 수
없는 자라
라고밖에 할 수
없는
제대로 된
형태를 갖추지
못한 자라
더 정확하게는
불의의 생물
더 정확하게는
불의의
물질

이라고
부를 수는 없는
노릇이었으므로

편의상 그리고
어느 정도의
무의식적 희망을
가지고 그리고
어쩔 수 없이
어쩔 수 없어

스스로를

자라

라고 불러왔는데

나 혼자만 이런
생각을 가지고
있을 것 같지는
않았지만

주변에는 자라
자체가 많이
없어서 내가
지나친 생각을
하고 있는
것이라면 그것을
바로 잡아 줄
정도로
친밀한
불법 자라는
물론
없었고

오늘 아침

주변의 몇 안
되는 자라에게
나는 물질인 것
같아 하고
말하는 것도
아예 해 보지
않은 것은
아니었지만

주변에 폐를
끼치는 것 같아
그만두었고
어차피 자괴감은
기세 좋게 몸집을
불렸다가 불린
만큼이나
제풀에 재빨리
자그라들어서
나는 부지불식의
상태에 부지불식
익숙해져 갔고

몇 안 되는
주변의 자라들도
나에 대해
부지불식의
상태가 되어서
우리는
서로 간에
부지불식을
유지하며
나는 더욱더
부지불식조차
부지불식하는
상태가 되었고
내가 자라인지
아닌지도 알 수
없는 부지불식의
부지불식 중에도

자라
라면 이 정도는
해야 한다고
자라면서
귀에 못이

박히도록 들은
자라의 일상을
반자동의 상태로
착실히 수행하는
무지 자라로
거짓말처럼
살아가고
있었는데

그럼에도
불구하고
불법 자라가
죽은 자리만큼은
가끔 초대받았고
오늘도 역시
그랬고

나 같은 자라도
이런
자리에서만큼은
나뉘지 않은
마음을 가진 자가
될 수 있었기
때문에

거짓말처럼

맘 편히
슬퍼하거나 또는
죽은 자라의
바람에 따라서는
번갈아
기뻐하거나 할 수
있었지만
아무리 그렇다고
해도 마음껏
슬퍼하거나
마음껏
기뻐할 수는
없었는데
그의 죽음이
불법
자라여서만은
아닐 것이라고
아무리
자신에게 조용히
되뇌어 보아도
그 근원을
파고든다면 불법

거짓말

자라여서
였을 것 같았고
죽는 자라로서는
그런 것을
따질 겨를이
있었는지

영원히 알 수
없겠지만

자라가 재고
재어 제자리에
자리하는 것을
정확하게 영원히
거부했는지
아니면 찰나의
작정이었는지

영원히 알 수
없겠지만

나는
거짓말

거짓말

거짓말

언제부터는
죽은 자라의
의사를 존중해
주어야 하고
언제까지는
그의 의사를
되돌리려고
노력해야 하는지
정확한 때를
알아챌 줄 몰랐고
주변의 몇 안 되는
자라들에게
물어보아도
거짓말   의견이
분분했기 때문에
초대된 자리에
거짓말   마련된 자리의
구석을 차지하고
대차해 놓은
대추 자루처럼
꿀 먹은
꿀벌처럼 주변을
두리번거리며

거짓말

거짓말처럼

거짓말처럼

다른 자라들의
반응을 보고
그것을 반사하듯
따라하는 수밖에
없었고

제대로 된
애도도 하지
못하는 것도
불의의 물질의
특성인가 하는
생각이 들어
슬펐지만
동시에
초대받은 것이
기쁘기도 하였고
그렇게라도
누군가를
만나는 것이
한쪽만 다른
한쪽을 만나는
그런 상태로
만나는 것이

그러나 비유로서
만나는 것이
아니라 실제로
말 그대로
만나는 것이
가슴 벅차기도
하였고
그가 숨을 쉬지
않는다고 해서
내가 그를
만나고 있다는
사실이 변하지는
않았으므로
그도 나를
만나고 있는지는
알 수 없지만
그라면 자라도
불법의 자라도
아닌 나를 왜인지
불법 자라나
자라로 인정해 줄
것 같았고 심지어
자라든 말든

심지어 뭐든 말든
상관하지 않을
것이 분명할
것 같았고

그는 거짓과
거짓을 거짓이라
부끄러움 없이는
부르지 못하는
부끄러움을
샅샅이 알고
있는 것 같았고

그의 믿음에
힘입어
부끄러움 없이
거짓말처럼거   거짓을
짓말처럼거짓   들여다볼 수
말처럼거짓말   있었는데
처럼거짓말처   거짓이
럼거짓말처럼   얼굴이
거짓말처럼거   되어 버린
짓말처럼거짓   자라라는 것은

말처럼거짓말
처럼거짓말처
럼거짓말처럼
거짓말처럼거
짓말처럼거짓
말처럼거짓말
처럼거짓말처
럼거짓말처럼
거짓말처럼거
짓말처럼거짓
말처럼거짓말
처럼거짓말처
럼거짓말처럼
거짓말처럼거
짓말처럼거짓

목련이 사라졌다.

말처럼거짓말

목련 대신 작고
노란 꽃들이
보란 듯이, 보란
듯이 거만하게
돋아나고 있었다.
목련이 더 이상
들리지 않았다.

처럼거짓말처
럼거짓말처럼
거짓말처럼거
짓말처럼거짓
말처럼거짓말
처럼거짓말처
럼거짓말처럼

자라 탑에서
가장 아래에 깔린
자라인가
아니면 물에서
나오지 못하는
자라인가
아니면 물과 너무
떨어진 곳에
어떻게 해서
오게 되었다가
아무리 봐도 물
쪽으로는 가지
않으면서도 물
쪽을 향해
최선을 다해서
기어가고 있다고
믿고 있는
자라인가
아니면 자라도
자라도 자라가
되지 못하는
자라인가

263

                    거짓말
        거짓말
                    거짓말
        거짓말
                    거짓말

        거짓말   거짓말

                    거짓말

                    거짓말
        거짓말   거짓말
                    거짓말
                    거짓말
                    거짓말   거짓말

몇 마일 떨어진
곳에서 뱃고동이
뿌옇게 울리는
소리도 이렇게
잘 들리는데
온몸을 날카롭게
파고드는 목련의
목소리가 들리지
않을 리가 없다.
나는 화가 나서
눈에 보이는
것들을 마구
찢기 시작했다.
하늘도 찢고
호수도 찢고
구름도 갈기갈기
찢었다. 그들은
조금 아파도
괜찮아. 그들은
서두르지도 않고
꾸물꾸물 다시
들러붙어서 상처
하나 남기지 않고

거짓말처럼거
짓말처럼거짓
말처럼거짓말
처럼거짓말처
럼거짓말처럼
거짓말처럼거
싯말처럼거짓
말처럼거짓말
처럼거짓말처
럼거짓말처럼
거짓말처럼거
짓말처럼거짓
말처럼거짓말
처럼거짓말처
럼거짓말처럼
거짓말처럼거
짓말처럼거짓
말처럼거짓말
처럼거짓말처
럼거짓말처럼
거짓말처럼거
짓말처럼거짓
말처럼거짓말

아니면 자라가
되고 싶지 않은
자라인가
아니면 자라로
자라긴 자랐는데
자라 주변의
자라들이 자꾸
자라에게 자라가
아니라고 좀 더
자라 보라고 좀 더
자라면 알게 될
거라고 내가
자라지 않은
자라였을 때는
이런 돼먹지 않은
자라 따위에게는
자랄 기회조차
주어지지
않았는데 잘
자라 잘 자란
자라가 될
가망이 없는
자라들은 애초에

```
                          거짓말   거짓말
거짓말                     거짓말   거짓말   거짓말
                          거짓말   거짓말
거짓말                     거짓말   거짓말
            거짓말         거짓말   거짓말
거짓말       거짓말         거짓말   거짓말   거짓말
            거짓말         거짓말   거짓말
거짓말       거짓말         거짓말   거짓말
                          거짓말   거짓말   거짓말
거짓말                     거짓말   거짓말
                                  거짓말
거짓말       거짓말                 거짓말
                          거짓말   거짓말
거짓말                             거짓말
            거짓말                 거짓말
거짓말                             거짓말   거짓말
                          거짓말   거짓말   거짓말
거짓말       거짓말                 거짓말   거짓말
                                  거짓말   거짓말
거짓말                             거짓말   거짓말
            거짓말                 거짓말   거짓말
거짓말                             거짓말   거짓말
                                  거짓말   거짓말
```

작게 한숨을
쉬거나 웃음을
지어 보일 테다.
그들의 웃음은
마음을 얼어붙게
한다. 아무것도
모르는 것들.
모든 것을
안다고
생각하지만,
아무것도
모르는 그들이
미워서 구름을
잡은 손에 힘을
주어 찢어내다가
찢는다고 없어진
목련이
돌아오지는
않을 거라는 데
생각이 미치자
온몸에서 힘이
빠져나갔다.

처럼거짓말처
럼거짓말처럼
거짓말처럼거
짓말처럼거짓
말처럼거짓말
처럼거짓말처
럼거짓말처럼
거짓말처럼거
짓말처럼거짓
말처럼거짓말
처럼거짓말처
럼거짓말처럼
거짓말처럼거
짓말처럼거짓
말처럼거짓말
처럼거짓말처
럼거짓말처럼
거짓말처럼거
짓말처럼거짓
말처럼거짓말
처럼거짓말처
럼거짓말처럼
거짓말처럼거

자라지 못하도록
싹을 잘라서
자른 자라를 다른
자라 밑거름으로
쓰이도록 던져
주었는데 하고
굳이 자라 면전에
대고 하는
말들이 이제 막
자라나는
자라의 마음에
싹을 틔우고
자리를 잡은
자라인가 아니면
자라의 가면을 쓴
자라가 아닌
자라인가 아니면
자라지만 늘상
가면을 쓰고 있어
자신이 자라가
아니라고
착각하는
자라인가

거짓말 거짓말

거짓말 거짓말 거짓말

거짓말 거짓말

거짓말 거짓말 거짓말

거짓말 거짓말

거짓말 거짓말 거짓말

거짓말 거짓말

거짓말 거짓말 거짓말

거짓말 거짓말

거짓말 거짓말 거짓말

거짓말 거짓말

거짓말 거짓말 거짓말

거짓말 거짓말

거짓말 거짓말 거짓말

거짓말 거짓말

거짓말 거짓말 거짓말

거짓말 거짓말

거짓말 거짓말 거짓말

거짓말 거짓말

거짓말 거짓말 거짓말

거짓말

거짓말　　　　　짓말처럼거짓　　아니면 가면을
　　거짓말　　　말처럼거짓말　　쓰지도 않았는데
거짓말　　　　　처럼거짓말처　　몸속에서 가면이
　　거짓말　　　럼거짓말처럼　　자라나는
거짓말　　　　　거짓말처럼거　　자라인가
　　거짓말　　　짓말처럼거짓　　아니면 자라의
거짓말　　　　　말처럼거짓말　　얼굴에 자라의
　　거짓말　　　처럼거짓말처　　것이 아닌 어떤
거짓말　　　　　럼거짓말처럼　　낙인이 찍혀
　　거짓말　　　거짓말처럼거　　있어서 자신을
거짓말　　　　　짓말처럼거짓　　포함한 그 모든
　　거짓말　　　말처럼거짓말　　자라들이 그
거짓말　　　　　처럼거짓말처　　낙인을 얼굴
　　거짓말　　　럼거짓말처럼　　대신 자라로
거짓말　　　　　거짓말처럼거　　여기는 자라인가
　　거짓말　　　짓말처럼거짓　　자라보다는 나는
거짓말　　　　　말처럼거짓말
　　거짓말　　　처럼거짓말처　　아무래도
거짓말　　　　　럼거짓말처럼　　비슷하게
　　거짓말　　　거짓말처럼거　　알에서 태어나
거짓말　　　　　짓말처럼거짓　　자라나고
　　거짓말　　　말처럼거짓말　　볕을 쬐면
거짓말　　　　　처럼거짓말처　　말라 버리는

럼거짓말처럼　　달팽이와 닮지
거짓말처럼거　　　않았나 하는
짓말처럼거짓　　　생각이 들었고
말처럼거짓말　　　아무래도 이왕
처럼거짓말처　　　달팽이가 될
럼거짓말처림　　　것이라면
거짓말처럼거　　　달달거리면서
짓말처럼거짓　　　어둡고 축축한
말처럼거짓말　　　곳만 찾아다니는
처럼거짓말처　　　달팽이보다는
럼거짓말처럼　　　민물에서도
　　　　　　　　　소금물에서도
　　　　　　　　　헤엄을 잘 치는
　　　　　　　　　민달팽이가 낫지
　　　　　　　　　않겠냐는 생각을
　　　　　　　　　하다가도

아무래도
자라라면 그래도
등껍질만은 달고
다녀야 자라라고
할 수 있지

않겠냐는 작은
목소리가 자라를
모두 던져 버리고
싶은 마음 더
깊은 곳에서
자꾸만 나를
잡아당겼고

자라에 대한
생각이 자라나
주변의 잡음이
잘 들리지
않았는데
자라나는 생각을
막아 보려고
무던히 애를
쓰던 나날들이
있었으므로
자라나는 생각을
나서서 막지는
않으려고
무던히 애를
쓰면서

거짓말처럼

주변의 잡음을
밀어내고
있었는데

밀어내다 보면
밀려 나가던
것들이 물밀 듯
밀려올 때가
있어서
민달팽이가
되고 싶다가도
달팽이 정도에
만족하고 마는
마음을 이해할 수
있었고
달지도 쓰지도
않은 팽팽한
평형의 마음으로
기쁘지도
그렇다고
괴롭지도 않은
상태로
온몸이 붉게

간 줄 알았던
목련이 다시
왔다
모퉁이를 돌 때
모두를 깨고
들이닥친다

아아 목련의
눈을 가진
사람아

짓밟힌 봉우리를
다시 피우는
사람아
짓물던 잎새들을
다시 펼치는

칠해져 뒤집힌 채
누워 있는
그의 발치에
그의 발이
있었던
지금은 막혀
있는
붉은 구멍 앞에
가지고 온
붉은 꽃을
내려놓았고

그 뒤에 놓인
영정 사진 속
그는 지나치게
환히 웃고
있었는데
그를 주변의
주변에서만
보았기 때문에
그가 평소에도 잘
웃었는지
아니면

사람아

짙은 향을 다시
일으키는 사람아
젖은 몸을 다시
나눠 주는 사람아

벌꿀처럼 몸에
달라붙은 사람아
별끝처럼 오래
끌리우는 사람아

새파랗도록 하얀
꽃잎
질리도록 진한
얼굴들
이슬은 눈물
향기만 잔뜩
남기고 다시
가는 사람아

간 줄 알았던
왜 올 때마다   목련이 다시
다시 떠나는가   왔다

간 줄 알았던
목련이 다시
왔다
모퉁이를 돌 때
모두를 깨고
들이닥친다

아아 목련의　　아아 목련의
눈을 가진　　　눈을 가진
사람아　　　　사람아

짓밟힌 봉우리를

거의 모든
자라가 그를
거의 불법
자라가 아닌
것처럼
여겨 오히려
누구에게도 말
못 할
그 처지를
비관하여
울고 있었는지
그러나 아무리
그랬다고
하더라도
그의 직업상
분명히 울면서도
겉은 웃어야만
했을 때가
많았을 테니
고르기가
어렵지는
않았을 것이고
그의 우는

목소리만   모퉁이를 돌 때
남겨 두고   모두를 깨고
가 버렸다   들이닥친다

목련 뒤에 숨은   아아 목련의
너의 목소리   눈을 가진
                    사람아

자꾸만,
울지 말라고,
말했으면서,   짓밟힌 봉우리를
말해 달라고,   다시 피우는
말했으면서,   사람아
먼저, 자꾸만,   짓물던 잎새들을
먼저, 멀어져,   다시 펼치는
                    사람아

향기를 귀에   짙은 향을 다시
담아   일으키는 사람아
목소리를   젖은 몸을 다시
들이마셔   나눠 주는 사람아
그곳에서는 끝이
없기를 바라   벌꿀처럼 몸에
목소리가   달라붙은 사람아
목련에 젖은   별끝처럼 오래

다시 피우는
사람아
짓물던 잎새들을
다시 펼치는
사람아

짙은 향을 다시
일으키는 사람아
젖은 몸을 다시
나눠 주는 사람아

벌꿀처럼 몸에
달라붙은 사람아
별끝처럼 오래
끌리우는 사람아

새파랗도록 하얀
꽃잎
질리도록 진한
얼굴들
이슬은 눈물
향기만 잔뜩
남기고 다시

간 줄 알았던
목련이 다시
왔다
모퉁이를 돌 때
모두를 깨고
들이닥친다

아아 목련의
눈을 가진
사람아

짓밟힌 봉우리를
다시 피우는
사람아
짓물던 잎새들을
다시 펼치는
사람아

짙은 향을 다시
일으키는 사람아
젖은 몸을 다시
나눠 주는 사람아

얼굴을 상상해
보았는데
그의 울음에서는
목련이

떨어졌고
목이
목련의 향기로

따끔거렸고
점점

목련의 향기는

짙어졌고
울고 있는 그를
따라

울기 시작했고
울음의 몫은
온몸의 것이었고
울음의
몫은
목까지 차올랐고

목소리가　　　　끌리우는 사람아
짙게 흩어져
잘게 부서져　　　새파랗도록 하얀
숨 막히도록　　　꽃잎
너를 감싸 주기를　질리도록 진한
바라　　　　　　　얼굴들
작은 새의　　　　이슬은 눈물
뾰족한　　　　　　향기만 잔뜩
부리가 되기를　　남기고 다시
바라　　　　　　　가는 사람아
나를 쪼는 너의　　새파랗도록 하얀
목소리가 없이도　꽃잎
네 곁에 조용히　　질리도록 진한
날아갈 수　　　　얼굴들
있기를
날개 없이도　　　왜 올 때마다
노래할 수　　　　다시 떠나는가
있기를
노래 없이도
피어날 수
있기를
피지 않아도
태어날 수

가는 사람아

벌꿀처럼 몸에
달라붙은 사람아

온몸으로 향기가

왜 올 때마다
다시 떠나는가

별끝처럼 오래
끌리우는 사람아

흘러들었고

목까지 차오른

왜

새파랗도록 하얀
꽃잎

목련 속에서
나는

올 때마다

질리도록 진한
얼굴들
이슬은 눈물
향기만 잔뜩
남기고 다시
가는 사람아

무엇인가
떠오르는 것을
보았고

자라도 자라가
아닌 것도

다시

아닌 모습을
하고 있었고

왜 올 때마다
다시 떠나는가

투명하지도
불투명하지도
뾰족한 구석도
둥근 구석도
빛에도 어둠에도
덮이지도 않은
그것은
균류였고

있기를

목소리 너의
목소리 짙은
목련이 질
생각을
안 해,
그러니까,
너는 나랑 같이
있는 거지
올해, 올해가
가도,
다음의 해,
그다음의 해,
지지 않고 같이
있는 거지
내가 너의 곁을
떠나지 않을
테니까
너의 향기를
모조리 품어
삼켰다가
네가 질 때 네게

나는 떠오르는
그것에
어쩐지 어떤
깊은 위안을
얻었고
어떤 형태라고
묘사할 수
없었고
어떤 색깔이라고
부를 수 없었고

여전히

그것은 그것은 계
속해서 몸을 바꾸
었고 목까지 차오
른 목련을 먹고 태
어나고 태어나는
동시에 죽어 가고
죽어 가는 동시에
목련을 먹고 태어
나고 태어나며 죽
어 가고 동시에 태
어나는 자기 몸마

모조리 불어
넣어 줄 테니까

목소리 너의
목소리 하소서
그렇게 하소서
날 버리고
가소서

마음을 모두
놓아
놓고 놓은 마음
돌아보지 말고
문득
흩날리는
잎새처럼
흘린 향기를
모두
가지고 가소서

그렇게 잊는다
너를
그렇게 잊고

저 먹어치우며 동
시에 다시 동시에
태어나고 있었고

주위를
둘러보았고
장례식에 있던
자라들은 다
사라져 버렸고
조용히 뒤집혀
누워 있던 그의
붉은 배가 잘게
떨렸고
구멍을 어찌나
꽉꽉 틀어막아
놓았던지 한참이
걸렸고
구멍에서 왼쪽
발이 뽁 하는
소리와 함께
튀어나왔고
이쪽저쪽
구멍에서 왼쪽

잇어도

너는 목련

손 오른쪽 손
오른쪽 발 꼬리
얼굴이 차례로
튀어나왔고

그가
자유로워진
발과 꼬리와
머리로 반동을
주어 한 번에
몸을 뒤집었고

나는 기억 속의
그의 목련의
울음을 따라
계속 목련의
울음을 울고
있었고
눈앞의 그는
어떤 울음도
울고 있지
않았고
그러나 나는

울음을 그칠
수가 없었고

더 이상의
울음을
내뱉었다간
몸 전체가
목련에 잠겨
버릴지도
모른다는
생각이 들었고
도무지 울음을
멈출 수가
없었고

그가 목련의
발자국을 찍으며
내게로
다가오다가
몸을 돌려
거기로 향했고
그곳으로 향했고
나는 서둘러

여전히 너는

찢어진 목련의
발자국에
거꾸로 돌려진
발을 끼워 넣으며
겨우겨우 그를
따라갔고

그를 자라이기
이전에 알고
있었다는
생각이 들었고
자라이건
자라가 아니건
상관없다는
생각이 들었고
그가 붉게
빛났고 붉은
비구름이
그에게서
흘러나왔고
목련 잎은 그
비구름에 붉게
젖었고

목련에서 태어난
어떤 물질은
여전히 말없이
붉은 목련을
먹고 태어나고
죽고 다시
죽음으로
태어나고 있었다

간 줄 알았던
목련이 다시
왔다
모퉁이를 돌 때
모두를 깨고
들이닥친다

아아 목련의
눈을 가진
사람아

짓밟힌 봉우리를
다시 피우는
사람아

간 줄 알았던
목련이 다시
왔다
모퉁이를 돌 때
모두를 깨고
들이닥친다

아아 목련의
눈을 가진
사람아

짓밟힌 봉우리를
다시 피우는
사람아

짓물던 잎새들을
다시 펼치는
사람아

짙은 향을 다시
일으키는 사람아
젖은 몸을 다시
나눠 주는 사람아

벌꿀처럼 몸에
달라붙은 사람아
별끝처럼 오래
끌리우는 사람아

새파랗도록 하얀
꽃잎
질리도록 진한
얼굴들
이슬은 눈물
향기만 잔뜩
남기고 다시
가는 사람아

짓물던 잎새들을
다시 펼치는
사람아

짙은 향을 다시
일으키는 사람아
젖은 몸을 다시
나눠 주는 사람아

벌꿀처럼 몸에
달라붙은 사람아
별끝처럼 오래
끌리우는 사람아

새파랗도록 하얀
꽃잎
질리도록 진한
얼굴들
이슬은 눈물
향기만 잔뜩
남기고 다시
가는 사람아

왜 올 때마다
다시 떠나는가

왜 올 때마다
다시 떠나는가

간 줄 알았던
목련이 왔다

모퉁이를 돌 때
모두를 깨고
들이닥친다

아아 목련의

눈을 가진

사람아

　　　　　　　　　새파랗도록 하얀

　　　　　　　　　질리도록 진한
　　　　　　　　　새파랗도록 하얀

　　　　　　　　　질리도록 진한
　　질리도록 진한　　새파랗도록 하얀
　　새파랗도록 하얀　질리도록 진한
　　질리도록 진한

　　　　　　　　　질리도록 진한

　　　　　　　　　얼굴들

짙은 향을

                            짓밟힌 봉우리를

일으키는 사람아

젖은 몸을

                            피우는

나눠 주는 사람아
벌꿀처럼 몸에
달라붙은 사람아
질리도록 진한

                            짓물던

별끝처럼 오래
            끌리우는
                            잎새들

                            짓물던
                            잎새들
            잎새들

잎새들을 다시
펼치는 사람아

짙은 향을 다시
일으키는 사람아

젖은 몸을 다시
나눠 주는 사람아

벌꿀처럼 몸에
달라붙은 사람아
별끝처럼 오래
끌리우는 사람아

새파랗도록 하얀

꽃잎
질리도록 진한

얼굴들 이슬은
눈물 향기만
잔뜩

남기고 다시
가는 사람아

왜 올 때마다
다시 떠나는가

푸가

손의 행방

이를 닦아 봐도
이불을 들춰 봐도
아침을 먹어 봐도
창문을 열어 봐도
가방을 뒤져 봐도
냉장고를 열어 봐도
온 집 안을 헤집어 봐도
구석구석 기웃거려 봐도
손은 보이지 않고

혀를 길게 빼내어
천장에서 떨어지는 녹물로
세수를 하고
목을 축이네

오 해방된 손이여
일을 거부한 손이여

오 해방된 손이여

너는 어디로 갔는가
돌아오지 않을 생각인가

나는 이제 무엇으로
하루를 파헤쳐야 하는가

손잡은 모든 것들이
펑펑 내려서

입에 걸레를 물고
창을 닦는다

실종 사건

그것들을 꽉 쥐고 남은 검지를
겨우 펼쳐서 가리켜요
해는 아닙니다
스스로 빛나지 못하는 것들을

날이 밝아 오는데,
의지는 여전히 없고,
검지만 두고 왼손은
이미 퇴근해 버렸고,
남은 건 앞니가 빠진 입의 구조,

물론 병원에 제일 먼저 갑니다
병원이라면 밤에는 어찌 되었든
방문을 걸어 잠그니까
하지만 병원은 앞니를 찾아 줄 생각은 않고
본을 떠서 대체해 주겠다고 해요
그래서 경찰서에 갔더니
앞니 실종 사건은 너무 빈번하고
인력이 달려서 하나하나 조사할 수 없대요

> 앞니가 제 발로 도망가지 않은 것이 확실합니까.
혹시 앞니를 학대하지는 않았나요?
앞니도 성인인데, 스스로 잠적하고 연락을 끊는 일이
이런 실종 사건의 대부분입니다.

그제야 앞니 두 개를 움켜쥐고
벽 뒤로 사라진 검지 없는 왼손이
꼭 행방불명이나 납치가 된 것은
아닐 수도 있겠다고 생각하면서

그들을 모질게 대했었나
그들은 항상 떠나고 싶었나

나머지 이빨들은 앞니를 잠시 그리워하는가 싶더니
조금씩 밀려와 송곳니가 앞니를 대신하여 앞니로 불리
우게 되었습니다

뻥 뚫린 왼 손목
혼자 남겨진 검지에도

손목 안쪽에도
새 이빨이 돋아나
여러 구멍으로
먹을 수 있게 되었습니다

단무지

빼고 주세요 분명히 말했는데
흰 구름 투명한 무지갯빛 은하수에
샛노란 반달이 차곡차곡 쌓여 왔다

하는 수 없이
은하수를 쭉 찢었다
무지개는 쪼그라들고
구름은 뽀득뽀득대고

축축한 밤에 반달 하나 푹 담갔다가
오독오독 씹어 먹었다 샛노란 반달
없으면 몰라도 있으면 아삭하니 좋다

X

바람의 이름은 존재하는가? 유체란 무엇인가! 바람은 존재의 부산물이다. 한곳의 입자들과 다른 곳의 입자들의 밀도가 다를 때 밀도의 새로운 평형에 도달하기 위해 입자들은 이동한다. 그러나 평형은 국지적으로 찰나에 이루어질 뿐 모든 것이 한 번에 평형을 이루는 것은 불가능하다. 곳 때문이다. 한곳과 다른 곳은 과연 분리되어 있는가? 한곳의 입자들이 다른 곳으로 옮겨 간다면 첫 번째 곳과 두 번째 곳은 과연 다른 위치인가? 그렇지 않다. 곳의 차이는 오로지 시간. 반대로 말해 시간의 차이가 일어나는 동안 곳은 합쳐진다. 첫 번째 곳과 두 번째 곳은 시간의 이동 측면에서 보면 같은 곳이다. 그러니까 입자가 한곳에 있어도 시간이 존재한다는 전제하에 그것은 여러 곳에 있다고 말할 수 있는 것이다. 시간은 오로지 이동이다. 그것은 오로지 간격이다. 시간을 시간이라고 부르지 않기로 해 보자. 시간과 바람은 같다. 그러니 시간을 잠깐 바람이라고 불러 보자. 한곳의 단일 입자란 존재하지 않으며 그것은 오로지 장의 구름으로 이루어져 있다. 구르는 장은 바람이다. 시간과 바람과 장의 구름은 같다. 그러니 시간과 바람을 잠깐 장의 구름이라고 불러 보자. 장의 구

름을 다른 무엇이라고 부를 것인가? 장의 구름을 깨어 안
으로 들어가면 그것은 시와 곳과 그 둘을 잇는 장으로 되
어 있다. 장의 차이값 델타가 영에 도달하는 과정이 바람
이다. 그 과정의 속도의 인버스에 장의 차이값 델타를 곱
한 것이 시간이다. 장은 멈추지 못하고 돌아가지 못하고
오직 한 방향의 시간으로 나아가는 사인함수의 헤어진 입
자들의 순간을 얼린 것이다. 입자는 시간 없이 존재하지
않는다. 장이 구를 때만, 바람이 불 때만, 시간이 흐를 때
만 입자를 말할 수 있다. 그러나 그럴 때조차 눈도 입도
손도 입자와 입자가 아닌 것들을 구분하지 못한다. 그러
니 구별하지 못하는 펼쳐진 눈에게 입자는 당연한 것이
다. 장을 볼 수 없으므로 값을 가진 입자를 셀 따름이다.
눈을 내려놓고 잠깐 입자를 살이나 결이라고 부르기로 하
자. 살이나 결은 에너지다. 힘을 이동시키는 양이다. 이동
시키는 양이란 차이값의 전진이다. 에너지는 유체가 없는
빈 공간을 이동할 수 있다. 에너지는 차이값을 유지한다.
유지하기 위해서는 힘이 들어간다. 힘은 어디에서 오는가?
힘은 속도의 차이값을 가진 살에서 나온다. 다시 말해 곳
의 차이값을 가진 시간, 곳의 차이값의 차이값을 가진 시

간의 시간을 가진 살에서 나온다. 그렇다면 살은 에너지의 덩어리인가? 에너지를 짊어지고 가는 것이 살인가? 그렇다. 살은 이름 붙일 수 있는 에너지의 최소 단위라고 할 수 있을 것이다. 살은 경계가 없다. 어쩔 수 없이, 경계 없이 흩어져 있는 가운데 모여 있는 것을, 떨어져 나가지 않을 것들을 최소한으로 전제한 그것을 살이라 부르자. 경계를 만들지 않고 이름을 부를 수 있는가? 정확한 이름을 부를 수 있는가? 구분은 실패한다. 말은 실패한다. 말은 오로지 국지적이다. 그러나 말 역시 경계 없이 흩어져 있는 가운데 모여 있는 것을, 떨어져 나가지 않을 것들을 최소한으로 전제한 것이다. 햇살이 닿지 않는 곳에도 바람은 분다. 그림자에도 바람은, 있다. 바람이란 흐르는 시간바람 바람시간이다. 바람은 시간을 수식하는가? 시간은 바람을 수식하는가? 그렇지 않다. 시간은 바람이다. 에너지의 전진이 막힌 막다른 곳에서도 이미 존재하는 에너지는 항상 움직이고 있다. 그렇다면 막다른 곳은 영원히 막다른 곳인가? 그 뒤의 에너지는 어떻게 그곳에 도달했는가? 시간이다.

시간은 막다른 골목을 밀어낸다. 시간은 확장한다. 그림자에 바람조차 사라져도 시간은 잦아들지 않는다. 시간은 바람이 아니다. 이제 시간을 시간이라 부르기로 해 보자. 말과 말 사이에는 열이 있다. 에너지는 궁극적으로 열이다. 열이 존재하지 않는 곳은 없다. 전지적인 진공은 없다. 적어도 지금은 그러하다. 지금은, 없다. 지금은 말과 같다. 지금과 말은 존재하지만, 그것은 가상의 존재다. 그러나, 그러나, 가상만이 존재한다. 가상이 아닌 모든 것들은 사실 존재하지 않는다. 실존은 가상의 차이값. 오로지 차이값의 불가결적 이동만이 모든 것을 결정하고, 그러므로 말 사이의 간격만이 실존하여 움직인다. 말은 결정한다. 이름 부르지 못하는 것들은 가상의 말 사이에 장을 이루고 그 간격으로 인하여 말은 결정하여 내린다. 말은 필연적으로, 간신히 전달된다. 이름은 항상 넘치거나 모자라다. 그 간격으로 인하여 말은 결정하여 열은 전달된다. 이름을 부르지 않고 미지를 말한다는 것은 얼마나 어려운 일인가!

김치만두 둘하고 김치왕만두 네 개 주이소.

김치만두 열 개, 김치만두 열 개를 찜기에 한 층, 한 층

쌓고 타이머를 맞춘다.

아이 그래, 오랜만이네예. 장사는 뭐 오늘도 잘되시고? 안 거래도 마 아들이 이거 마 좋아해 가꼬 오늘 아빠 여 간다 카이 사 오라 안 캅니까. 마 또 좋아하겠네 오늘 드 가면. 내 오는 것만 기다리고 있겠네 또. 아들은 미도 미 도 끝이 읍써, 맞다 아입니까. 믁는 것만 봐도 배부르다 카 더만 지랄. 근데 있다 아임까 또 생각해 보면 참 또, 그기 또 헛말은 아닌기라. 맞다 아입니까?

칙익.

그는 왼쪽 주머니에서 검붉은 갑에 든 얇은 에쎄를 꺼 내 불을 붙인다. 찜기 사이로 새어 나온 김이 그의 얼굴 을 감싸고 이내 사라진다. 하루 종일 싸락싸락 내리다 알 갱이가 굵어진 추위 사이로 얼룩덜룩 붉은 목, 까만 코듀 로이 재킷, 칼라까지 전부 카키색인 패딩 바람막이, 그 아 래 적보라색과 녹색이 번갈아 있는 작은 다이아몬드 모양 격자무늬가 어지러이 보인다. 따뜻한 곳에 있다 왔는지 그의 코듀로이 재킷에 닿은 눈은 금세 녹아 겉옷이 축축이 젖어 든다. 증기 늪에서 기어 나온 그의 얼굴은 안경 뒤로 눈이 없고 검푸른 입술에서 김이 새어 나온다.

여 여, 보이소. 있다 아입니까, 있자나예, 예? 삼월 십오 일까지는 빼 주셔야 돼요, 우리도 일정이 있다 아임니까, 일정이. 알겠어요? 마 저희도 마 마 많이 사정 봐줬다. 아입니까? 중간에, 거 뭐꼬, 동파도 되고 그랬으니까는 편의를 봐준 거지, 맞다 아입니까? 일 층에는 벌써 다 뺐다. 여 여 여 커피집은, 이 뭐고, 인테리아 핸지 이 개월빡에 안 됐는데. 봤지예? 그리고 거거, 거거. 알지예? 것도 마, 마, 것도 후우하게 잘 쳐 드렸잖아예, 맞다 아입니까?

후우.

아니, 사장님예. 내가 마 이런 말은 안 할라 캤는데, 노인 혼자서 이라고 있는 기 내도 솔찌키 맘이 안 좋고 웬만하면 잘해 주고 싶다 아입니까? 마, 그래서 지금 안 밀고 내뚠기라. 안 그라모 이미 아아들 델꼬 왔지. 안 그렇소?

눈이 있으면 보이소. 지금 여 다 막아 놨다 아입니까. 거 안에 안 춥습니꺼? 추을 낀데, 맞다 아입니까. 십 일 딱 더 하시고, 깔끔하게 삼월 십오 일에 정리해 주이소. 알겠지예? 좋게 좋게 하면 좋잖아예. 두 번 말 안 합니다. 알겠지예?

삐비비비 삐 삐비비비비 삐.

찜기 뚜껑을 열자 뭉텅이로 모여 있던 수증기가 제풀에 손가락을 뻗어 끝자락부터 사라진다. 녹은 눈을 떠난 열기와 수증기가 그가 내뿜는 담배 연기와 하나가 되었다가 흩어진다.

벽 한 켠에 쌓인 안쪽이 반질반질하고 납작한 상자들의 탑. 오른손으로 입 벌린 상자 하나를 든다. 왼손으로 다섯 개씩 두 줄로 김치만두를 담는다. 후우. 왼손으로 상자 뚜껑 긴 쪽 끄트머리 날을 접으며 끼워 닫는다. 왼손 엄지와 검지로 노란 고무줄을 벌리고 나머지 세 손가락을 집어넣어 손의 중간쯤 걸친다. 후우. 오른손으로 상자의 한쪽 모서리를 고무줄로 만든 비뚠 타원 안으로 들이밀어 상자

가운데 고무줄을 건다. 왼손을 몸 쪽으로 당겨 고무줄을 늘린 다음 탕, 발사한다. 후우. 노란 고무줄이 가운데를 조이며 상자의 왼쪽과 오른쪽 입이 조금씩 들린다. 보소, 사장님. 왼손으로 상자를 내려놓으며 오른손으로 입 벌린 상자 하나를 든다. 답을 해 줘야 나도 이제 집에 간다 아입니까. 안 그라요? 왼손으로 다섯 개씩 두 줄로 김치만두를 담는다. 계속 이라모 나도 책임 못 져요. 여 여 다 막을 끼는데, 어? 갇힐 낍니꺼? 왼손으로 상자 뚜껑 긴 쪽 끄트머리 날을 접으며 끼워 닫는다. 왼손 엄지와 검지로 노란 고무줄을 벌리고 나머지 세 손가락을 집어넣어 손의 중간쯤 걸친다. 우리 그런 사정 이제 안 봐준다 카이. 딱 봐도 한 끗발 하신 거 같은데, 오른손으로 상자의 한쪽 모서리를 고무줄로 만든 비뚠 타원 안으로 들이밀어 상자 가운데 고무줄을 건다. 그런 분이 왜 이래 말끼를 못 알아듣습니꺼. 왼손을 몸 쪽으로 당겨 고무줄을 늘린 다음 탕, 그래 뭐 서로 얼굴 붉히지 말고, 좋게 좋게, 예? 발사한다. 딱 정리해 뿌지예. 노란 고무줄이 가운데를 조이며 상자의 왼쪽과 오른쪽 입이 조금씩 들린다. 그게 서로 좋다 아입니까, 그게 좋아. 왼손으로 상자를 내려놓으며 오른손으로 입 벌린 상자 하나를 든다. 후우. 왼손으로 큰 찜기 뚜껑을 열어 가에 걸쳐놓고 거꾸로 뒤집어 놓아 둔 왕만두 중 바닥에 김칫국물과 돼지기름이 새어 나와 붉은 것을 찾는다. 남아 있는 다섯 개의 왕만두는 바닥이 다 붉은색이다. 그중 네 개를 바닥이 아래로 가도록 두 개씩 두 줄로 담는다. 요 바라, 요 요, 이라니까 아들이 환장하지, 맛 조키 생깄네. 열 개의 일반 김치만두로 채웠을 때보다 더 묵직한 상자를 오른손으로 잡고 뚜껑을 둥글게 말아 불룩한 왕만두를 최대한 덮는다. 왼손 엄지와 검지로 노란 고무줄을 벌리고 나머지 세 손가락을 집어넣어 손의 중간쯤 걸친다. 오른손으로 상자의 한쪽 모서리를 고무줄로 만든 비뚠 타원 안으로 들이밀고 상자 삼 분의 일 지점에 고무줄을 건다. 왼손을 몸 쪽으로 당겨 고무줄을 늘린 다음 탕, 발사한다. 요만한 데가 잘 없다, 맞지예? 노란 고무줄이 아슬아슬하게 조이며 고정되지 않은 오른쪽 입이 벌어지는 상자의 바닥을 오른손가락으로 받치고 엄지 쪽 손바닥으로 왕만두가 찌그러지지 않도록 뚜껑 오른쪽 끄트머리를 지그시 누른다. 요 싸악 해 갖고 저 뭐꼬, 왼손 엄지와 검지로 노란 고무줄을 벌리고 나머지 세 손가락을 집

333

어넣어 손의 중간쯤 걸친다. 왼 손바닥의 바깥쪽 날과 오른 손바닥의 바깥쪽 날로 상자를 반시계 방향으로 백팔십 도 돌린다, 양재사거리에서 쭉 가모는, 케이씨씨, 왼 손바닥 안쪽 날로 들리는 뚜껑을 지그시 누르고, 케이씨씨 건물 옆에, 오른손으로 상자의 남은 쪽 모서리를 고무줄로 만든 비뚠 타원 안으로, 마 상가 하나 있지예? 들이밀어 상자 삼 분의 일 지점에 고무줄을, 거는 뭐 오 년은, 건다, 재개발 안 된다 카이까, 왼손을 몸 쪽으로 당겨 고무줄을, 거로 한번, 늘린 다음 탕, 가 보이소, 발사한다. 상자 양 끝이 고정되며 왼쪽과 오른쪽 입이 살짝 들린다. 왕만두는 상자를 닫아도 허리가 보인다. 요즘 증보화 시대 아임니까, 브로그에도 올리고, 그라모 검방 또 자리 잡씸더. 요새 아들은 인스다 다 그엇만 보고 다닌다 칸게로. 허리 위로 노란 고무 두 줄의 벨트를 매고 있다.

만사천 원입니다.

만사천 원? 있어 봐라, 보자 보자 보자.

괜히 분주하게 여기저기 뒤적대다가 재킷 안주머니에서 이미 준비해 넣어 놓은 듯 네 번 접힌 만 원짜리 두 장을 꺼내 손에 쥐어 준나.

　갑니다. 삼월 십오 일까지, 오케이? 알겠지예? 뭐꼬, 굶지 말고 식사라도 한 그릇 하시고예. 갑니다.

　김 속의 눈은 녹기 전의 순간에 가장 선명하다. 사라진 눈의 자리에 방울도 되지 못하는 물기가 나타나 바닥으로 떨어진다. 바닥까지 눈으로 떨어지지도 못한다. 질척질척한 보도블록이 그의 발자국으로 슬쩍 파였다가 짓무른 눈이 채워져 곧 사라진다. 피우다 만 에쎄 끄트머리가 젖어 든다.

　라텍스 장갑 안쪽이 땀으로 젖어 손가락을 밀어 넣는데 애를 먹는다. 만두를 빚는다. 진득한 소를 중지와 약지 두 마디 정도 크기로 대야의 안쪽을 쓸며 덜어 내 끝이 마른 둥근 피의 가운데보다 조금 위쪽에 올리고 엄지를 작은 그릇에 담긴 물에 잠깐 담갔다 한 번 털어 내 피의 가장자리에 반달을 그린다. 밀가루가 젖으며 조금 진한 색이 된다. 피 아래 엄지를 밀어 넣고 들어 올려 반원을 따라 눌러 붙인다. 호를 조금씩 겹쳐 접으며 물결을 만든다. 알루미늄 쟁반 위 밀가루가 얇게 깔린 기름종이에 물결치는 반달이 빛도 없이 줄지어 서 있다. 하나의 반달을 더 올리고, 또 하나의 반달을 접는다.

안녕하세요. 고기왕만두 두 개 주세요.

네.

고기왕만두 두 개를 찜기에 넣고 타이머를 맞춘다. 오른손으로 왼손의 장갑 끄트머리를 잡고 당긴다. 손가락이 쭉 늘어나며 탁, 땀과 살이 라텍스에서 떨어진다. 이천 원입니다. 잠깐만요. 네, 여기요. 반으로 접힌 코팅이 반지르르한 천 원짜리 두 장이 서로 마찰하며 사락인다. 띵. 포스기 서랍을 열어 접힌 쪽을 열어 펴서 엄지로 고정대를 들어 올리고 세 개의 선이 사 등분으로 갈라놓은 눅눅하게 해어진 천 원짜리 네 장 위에 가운데 선이 선명한 천 원짜

336

리 두 장을 평행으로 끼워 넣는다. 고정대는 만 원짜리보다, 오천 원짜리보다 불룩한 천 원짜리 뭉치의 오 분의 삼 지점을 꾸욱 누른다. 포스기 서랍을 눌러 닫는다. 땅.

　안녕히 계세요.

　가게 앞 버스 정류장 물기로 번진 전광판에는 종료를 알리는 불빛이 붉게 번진다. 찜기의 불을 끄자 김이 조금씩 잦아든다. 파란 형광등 불빛이 밖의 짙은 어둠을 채 밝히지 못하고 가게 안으로 떨어지는 눈만 차갑게 비춘다. 가로로 내리던 눈은 어느새 느리게 스스로 떨어진다. 눈은 뭉친 먼지 더미처럼 커다랗다. 온기가 남은 찜기 앞 카운터에 떨어진 눈은 방울방울 녹는다. 셔터를 내리고 카운터를 훔친다.

　쟁반 두 개를 가득 채운 반달 위에 밀가루를 체로 내리고 랩을 씌운다. 스테인리스 대야에 비닐을 씌우고 천을 덮는다. 펼쳐진 랩 위에 남은 피도 그대로 다시 싼다. 냉장고에 넣는다. 투명한 반구 뚜껑 아래 새우 꼬리가 튀어나온 디피용 삼각만두 위에도 랩을 씌우고 뚜껑을 다시 덮는다. 물이 담긴 그릇을 싱크대에 넣는다. 다진 파가 칼집 사이에 끼여 말라붙은, 비스듬히 걸쳐진 도마를 타고 그릇은 스르륵 미끄러져 싱크대와 통, 부딪힌다. 오른손의 라텍스 장갑은 땀으로 젖어 반투명의 하늘색과 짙은 적갈색이 겹쳐진 희끄무레한 회색이다. 트악, 늘어난 라텍스가 저들끼리 맞부딪히며 소리를 낸다. 피부의 가장 바깥쪽은 쪼글쪼글하고 흐물흐물해서 빛이 손쉽게 통과한다.

찬물로 설거지를 한다. 도마는 거칠거칠하고 그릇은 뽀득뽀득하고 칼은 서렁서렁한다. 이가 나간 부분은 손에 힘을 빼고 헹군다. 등 뒤로 물에 젖은 발소리가 치르벅, 치르벅, 가까워졌다가 츠륵, 츠륵, 멀어진다.

달력은 물기를 머금었다 뱉었다 구불구불 빳빳해져 울렁울렁 울고 있다. 달력을 들어 뒤쪽의 스위치를 내린다. 불이 꺼진다. 양손을 온기가 남은 찜기 두 개의 뚜껑 위에 하나씩 올린다. 찬물에 얼었던 손이 따끔따끔 차갑게 뜨겁다. 눈을 감고 숨을 다섯 번 들이마셨다 내쉰다. 눈을 감은 채 왼손을 뻗어 식어 가는 큰 찜기 뚜껑을 열고 손끝으로 더듬는다. 손끝에 닿는 둥긂. 왕만두 하나를 들어 올린다. 부들부들하다. 종일 찌진 왕만두의 피는 흐드러진다. 짭짤함. 그 후 조금의 단맛. 폭신하게 풀어졌다가 존득하게 뭉쳐지며 씹히는 피. 소에 든 양배추와 숙주는 죽이 되어 혀에 녹아들듯 사라진다. 반달반달한 손바닥 위로 불완전하고 납작한 구, 속이 꽉 차 무거운 구, 조금씩 뜯겨 나가는 구의 무게가 듬직하다. 왕만두는 점점 가벼워지고 있다. 왕만두가 물만두만 한 크기가 되었을 때, 그제야 김치만두인 것을 알아챈다. 눈을 뜬다. 가게 왼쪽 유리문으로 들어오는 산란하고 축축한 무명의 빛이 이빨 자국이 옅게 난 조금의 소와 조금의 피를 비춘다.

가게 뒤쪽 가벽은 시공한 직후부터 땅과 점점 사이가 벌어지고 있다. 열은 조금의 가벼운 물을 데리고 위로 올라간다. 열이 떠난 차가움은 무겁다. 차가움은 선택받지 못한 나머지 물들을 끌어안고 아래로 떨어진다. 1979년에 지어진 삼 층짜리 상가는 차갑게 식어 스티로폼과 비닐로 대강 막아 놓은 가벽과 땅 사이로 종일 차가운 바람이

든다. 바람은 바닥에 떨어진 차가운 습기를 이리저리 끌고 다닌다. 벌어진 틈에 끼워 놓은 스티로폼을 빼낸다. 그의 알갱이들이 트득트득 벗겨지며 세찬 바람에 휘구른다. 스티로폼이 빠진 자리 가벽 아래에는 조금의 땅이 있다. 막으면 막을수록 벌어지는 틈. 왼손의 검지와 중지로 가장 잘 아는 무게만큼씩 흙을 덜어 낸다. 반달의 흙은 차갑고 거칠고 딱딱하다. 검지가 마디 끝까지 들어갈 때까지 흙을 덜어 낸다. 그곳에 오른손에 들고 있던 물만두만 한 왕만두의 잔해를 묻는다. 심는다. 수십 년도 전에 치과에서 읽은 만화책에는 하루에 오십 센티미터씩도 자라는 대나무 새싹 위에 사람을 묶어 놓고 아래에서 위까지 몸을 뚫어 죽이는 처형 방법이 그려져 있었다. 왕만두 새싹도 하루에 오십 센티미터씩 자랄까? 왕만두 나무가 우악스럽게 자라나 뾰족한 가지들이 벽을 무너뜨리고 천장을 부수고 수백 개의 팔이 사방팔방으로 뻗는다면. X. X. 철거 예정. 이름을 이름으로 덮는 합판 위의 붉은 말을 뚫고 돋아난다면. 더는 빚지 않아도 더는 찌지 않아도 잘 익은 왕만두를 주렁주렁 매단 나무가 수증기를 내뿜으며 솟아오른다면. 눈을 붉게 물들인 낮은 반달에 닿도록 치솟

아 오른다면. 작은 산을 이룬 흙을 천천히 밀어 넣으며 왕
만두를 덮어 준다. 새하얀 뿌리가 느리게 흙을 파고든다.

나무

뿌리에 관심 있는 것은
오로지 나무 자신
꽃 피는 봄 혼자
어두운 뿌리로 간다 아무도
보지 못하는 곳 모두가
꽃향기만 맡고 있어

누구도 보지 못한 차는 주차를 했다고 할 수 있는가?

하루 종일 싸락비가 드문드문 내려 며칠 동안 뿌옇던 하늘에 푸른 안개가 가득 돌기 시작하던 늦은 저녁, 인천공항 주차장에 헤드라이트를 켠 회색 카니발 한 대가 들어온다. 카니발은 머뭇거리지 않고 듬성듬성 세워진 차들을 지나 안쪽으로 깊숙이 들어간다. 제1주차장 안쪽은 텅텅 비어 있지만 카니발은 코너를 돌아 가장 구석까지 들어가서야 새롭게 그어진 반질반질한 선 위로 꼬리가 긴 반원을 그리며 한 번에 흰 직사각형 안에 몸을 집어넣는다. 오른쪽 왼쪽 앞쪽 뒤쪽 여백이 자로 잰 듯 딱 맞다. 아스팔트 바닥 사이사이에 엷게 긴 살얼음을 낮고 부드러운 소리로 지그시 부수는 앞바퀴가 차체와 가지런하게 평형을 이루고야 시동이 꺼진다. 조수석에 조심스레 놓인 제복 모자의 챙을 한번 탁탁 털고 미러를 보며 군더더기 없는 동작으로 모자를 쓴다. 왼쪽, 오른쪽, 한 번씩 고개를 틀어 볼썽사납게 튀어나온 머리카락이 없는지 확인하고 차에서 내려 앞문을 닫으며 동시에 팔을 뻗어 뒷문을 연다. 잠옷 한 세트와 고급 면도 세트, 여벌의 속옷과 양말 한 벌이 단촐하게 든 까만 캔버스 천 가방의 까만 가죽 손잡이는 너무 딱딱하지도 너무 길이 들지도 않아 차지만 가죽 특유의 따스함이 남아 있는 연한 감촉으로 손에 감겨든다. 깊은 생각에라도 빠져 있었던 것인지 미간에 옅은 주름이 잡혔던 얼굴에 슬쩍 미소가 돈다. 그제야 얼굴 근육의 긴장 상태를 깨닫고 입꼬리를 여전히 올린 채 왼손 중지와 검지를 볼에 대고 지그시 누르며 몇 번 원을 그린다. 그러면서도 눈은 바쁘게 차의 바퀴와 흰 선 전후좌우의 간격, 바퀴의 방향, 헤드라이트와 차량 내 소등 여부를 확인한다. 잠금 버튼을 누르고도 습관적으로 손잡이를 한번 당겨 열리지 않음을 확인하고, 몸을 바로 해 주차장 입구로 나선다. 코너를 돌기 전 곁눈질로 차의 상태를 다시한번 확인하고 그제야 마음이 놓였는지 재빠르게 신호등을 건너 청사로 들어간다.

ㅁ

ㅁ이 평소처럼 샤워를 하고, 바디로션을 바르고, 슬슬
누우려던 참에 문자가 왔다. 새벽 배송으로 장을 봤는데
9시에서 12시 사이에 도착한다는 내용이다. 새벽 배송이
더 빨라져서 밤 배송이 되었다. 헐. 추우니까 밖에 그냥
두고 자도 될지, 밤 약기운이 올라오는 것을 참고 오는 것
을 기다렸다가 냉장고에 넣고 잘지 생각하면서 정수기 옆
에 있는 탄산수 여섯 개들이 비닐을 손으로 눌러 뜯었다.
가위로 자르면 빠른데 일어나기가 귀찮았다. 낑낑대며 억
지로 플라스틱병 하나를 빼내고 잠깐 고민하다 뜯은 김에
비닐을 다 뜯었다. 그때였다. 문밖에서 소리가 들렸다.

벌써 배송 왔나? 핸드 트럭 소리를 듣지는 못했는데. 아
니다. 여자의 말소리다. 중얼중얼하는 소리. 아직 다가오는
중이었고 소리는 점점 커졌다. 내가 죽인 거 아니라니까.
하필 문 바로 앞을 지나갈 때 이 말을 똑똑히 했다. 여자
의 목소리는 급히 사라졌다. 이상하다. 발소리는 거의 들
리지 않았는데. 여자의 목소리에도 묘한 데가 있었다. 기
계음 같았다. 누가 오디오 북을 들으며 간 거겠지, 하고
ㅁ은 생각했다. 그때 밖에서 비명 소리가 들렸다. 갑자기

345

불이 꺼졌다. ㅁ은 정신을 잃었다.

ㅁ, 당신을 살해 혐의로 체포합니다.

천둥이 말했다. 천둥은 이어 말했다. 모든 변호는 당신
에게 일임되며 스스로의 행동과 기억의 모든 책임은 당신
에게 있습니다. 동굴이 입을 벌렸다, 닫았다 했다. 천둥은
그 동굴을 뒤흔들며 가르르릉 가르르릉 흘러나왔다. ㅁ은
눈을 흐리게 뜨고 동굴 주위를 살펴보았다. 동굴은 미끌
미끌한 산더미 한가운데 있었다. 동굴은 둥글지 않고 반
달 모양으로 열렸다 닫혔고, 그때마다 미끌미끌한 산더미
의 양쪽이 터질 듯 부풀었다. ㅁ은 자신의 처지보다도 그
가죽이 찢어질 듯 부푼 산더미의 볼이 더 염려되었다. 네,
네, 알겠습니다. 급히 대답했다. 보통은 그렇게 바로바로
대답하지 않는 듯 천둥은 잠시 할 말을 잊은 듯했다. 그러
면 당신을 법의 정원으로 모시겠습니다. 앗, 잠깐만요. 저,
저를 어떻게 그곳으로 모실 생각이세요? 천둥이 칠 때마
다 온몸이 부르르 떨렸지만 물어볼 것은 물어봐야 했다.
걸어가는 건가요? 입속에 넣고 이동할 겁니다. 천둥이 말

했다. 왠지 수줍어 보였다. 이 업무를 오늘 처음 수행하는 천둥일지도 모른다. ㅠ은 천천히 바닥에서 일어난다. 액체와 고체의 중간 상태의 어떤 거대한 평면이 바닥으로 천천히 내려온다. 찌그러진 마름모꼴의 두꺼운 평면 바깥쪽 세 꼭짓점이 부채살처럼 뻗어나와 있고 사이사이가 부드럽고 말랑말랑하고 팽팽한 얇은 막으로 연결되어 있다. 그 막을 기울여 땅에 차르륵 대어 준다, 쉽게 두꺼운 평면으로 올라갈 수 있도록. 배려심이 많은 천둥이 아닐 수 없다. 내가 두꺼운 평면에 도달하자 거대한 반달의 동굴이 다가왔다. 그 안에서 축축하고 따뜻한 냄새가 났다. 거칠거칠하고 검붉은 긴 채찍이 스르르 밀려 나와 갈라진 끝으로 나를 부드럽게 들어 올려 돌돌돌돌 말았다. 숨 쉴 공간이 충분하도록 배려해 줬는지 편안하기 그지없었다. 이런 거라면 어디에 가는 것이든 상관없을 거야.

그런데 누가 살해된 것인가요?

동굴 안에서 듣는 천둥소리는 온몸을 천둥과 함께 진동시켜서 나는 내가 말하는 것인지 천둥이 말하는 것인지 구분하기가 어려웠다.

　살해된 것은 목소리입니다.

　살해된 것은 목소리이군요.

　그런데 선생님은 언제부터 이 일을 하게 되셨나요?

　저 말인가요?

　저 말인가요?

　선생님이요.

　선생님이요.

　아, 저는 목소리에서 말을 제거하는 일을 하고 있습니다. 사실 어제, 어떤 말을 들었는데, 기억이 잘 나지 않네요, 정신을 잃었고 지금은 여기에 있습니다.

> 그렇군요.

그렇군요.

선생님, 저를 어디로 데려가시나요?

법의 정원입니다.

선생님, 우리는 어디로 가는 것인가요?

이곳이 이대로가 종착지입니다. 이곳이 법의 정원입니다.

아, ㅁ은 법의 정원의 혓바닥에 편안히 누워 있다.

푸가

그는 5시 30분에 일어나 5시 37분까지는 엘리베이터를 타고 산책을 한 후 6시 2분까지는 다시 엘리베이터 앞에 도착했다. 엘리베이터는 그의 삶에서 유일한 변수다. 1층에 있을 때도 있고 33층에 있을 때도 있기 때문이다. 그래서 그는 엘리베이터를 탈 때면 항상 3분의 여유분을 계산했다. 7시까지 일을 하고 7시 30분까지는 세수를 하고 옷을 갈아입고 준비하기도 쉽고 걸으면서 들고 먹기에도 간편한 점심 도시락을 쌌다. 7시 32분에는 다시 엘리베이터 앞. 일터에 도착하면 7시 55분에서 8시 사이였다. 그때부터 11시 55분까지 꼼짝 않고 일했다. 12시부터 10분간 복근 운동, 20분간 요가를 한 후 10분 걸어서 사우나에 도착해 12시 45분에 온탕 안에 들어갔다. 12시 50분에는 냉탕에서 8분간 있다가 1시까지 온탕에 잠깐 들어갔다가 다시 10분간 냉탕에 있었다. 냉탕의 온도는 항상 18.6도에서 19.9도 사이였다. 19.9도가 된 적은 있었지만 (그는 그날 자꾸 온도계를 쳐다볼 수밖에 없었다) 20도가 된 적은 한 번도 없었다. 어느 날, 그는 14.3도에 맞춰진 냉탕을 발견했다. 과연 훨씬 차가웠다. 얼음장 같다고 생각했다. 그는 시간을 맞추기 위해 덜덜 떨면서도 같은 스케줄을 진행했다. 1시 9분. 갑자기 오른쪽 쇄골 끝이 가려워서 차가운 손으로 뼈를 부드럽게 문지르고 다시 손을 물에 담갔다. 그런데 같은 곳이 계속 가려운 게 아닌가. 이번에는 손톱을 세워 세로로 요철을 벅벅 긁었다. 손을 떼고는 잠깐 기다렸다. 그런데 같은 곳이 또 가려웠다! 이번에는 가려운 곳이 어디인지 제대로 알아내기 위해 눈을 감았다. 눈송이만큼 작은 무언가가 쇄골 안쪽에서 뼈를 살랑살랑 간질이고 있었다! 눈을 꼭 감고 다시 한번 느껴 보아도 가려운 것은 피부가 아니라 뼈의 뒤편이었다. 그는 잠깐 어찌할 바를 모르다가 다시 피부를 박박박 긁었다. 아프기만 하고 안에서 작은 눈송이가 오히려 더 부드럽게, 더 견딜 수 없게 뼈를 간질였다. 이런, 벌써 1시 16분이다. 앗. 17분. 그는 서둘러 탕에서 나왔다. 예정대로라면 1시 15분에 바디로션을 바르고, 머리를 말리고, 20분에 신발을 신고 있어야 했다. 그는 샤워를 하는 둥 마는 둥 몸을 씻고 머리를 말리는 둥 마는 둥 대강 털어내고 급히 옷을 꿰입고 신발을 신었다. 1시 26분. 그동안 몸속의 눈송이는 어느 때보다 더욱 소근소근 그를 간질였다. 그는 순식간에 절망적인 기분이 되었다. 계획대로라면 걸어가면서 삶은 계란 두 개와 포일에 싼

피넛버터와 잼을 가운데에 바른 식빵을 먹고 1시 35분까지 일터에 도착해야 했다. 그러나 쇄골이 가려워 견딜 수 없었던 그는 급히 병원을 검색해서 가장 가까운 곳에 있는 내과로 향했다. 1시 52분에 병원에 도착했는데 점심시간이었다. 그는 다시 1층으로 내려와 병원 앞을 왔다 갔다 하며 처음에는 티 나지 않게 그러나 곧 누가 보든 말든 옷 위로 오른쪽 가슴팍을 꼬집듯이 주물렀다. 세게 꼬집을수록 간지러움은 조금 나아지는 것 같았다. 2시 24분. 손이 저릴 때쯤 그는 다시 병원으로 올라가 한 손으로 계속 쇄골을 꼬집은 채다른 손으로는 진료표를 작성했다. 2시 32분. 진료실로 들어가실게요. 선생님, 쇄, 쇄골이 너무 가려워요. 네? 쇄골이, 쇄골 안쪽에 뭐가 있는 것 같아요, 너, 무 가려워서 참을 수가 없어요. 의사가 물끄러미 마디가 하얘지도록 쇄골을 꼬집은 그의 왼손을 바라보았다. 다른 증상은 없으세요? 어, 없어요, 쇄골이 너무 가려워요. 안쪽이, 안쪽이, 너무……. 그가 눈을 떴을 때 그는 응급실 침대에 누워 있었다. 그가 소리를 질렀다. ㅅ, ㅅ, ㅅ, 선생, 님, ㅅ, ㅅ, ㄱ, ㅅ, ㅅ, ㄴ, ㅏ, ㅏ, ㅏ, ㅏ, ㄱ, ㄱ, ㅅ, ㄱ, ㅇ……. 그가 다시 눈을 떴을 때 그는 간지러움이 사라진 것을 깨달았다. 간지러움과 함께 오른쪽

쇄골도 사라져 오른쪽 가슴이 고무처럼 움푹 들어가 있었
다. 11시 55분.

태양의 탄생

쏠미미이 파레레에

　선생님, 그런데 선생님, 왜 저를 그렇게 빤히 바라보시나
요? 그런데, 문은, 문은, 왜 닫으신 거죠? 딩신의 목소리는
들리지 않지만 얼굴은 보이네요. 숱이 없는 머리가 뽀글뽀
글 듬성듬성하고 그 아래로 무엇이 그것을 움직이는지 알
수 없는 변덕스러운 눈알이 나를 향해 시시각각 움직여
요. 눈알은 잘 보이네요. 조물조물 작은 입이 잘도 움직여
요. 나는 속으로 나비야, 나비야, 이리 날아오너라, 나비야,
나비야, 이리 날아오너라. 쏠미미이 파레레에, 도레미파쏠
쏠쏘올, 쏠미미미 파레레레, 도미쏠쏠미미미, 레레레레레미
파아, 미미미미미파쏘올, 쏠미미미이 파레레에, 도미쏠쏠
미미미이.

　왜 나를 혼자 남기신 거죠? 누군가 당신을 업신여기는
눈으로 보았습니까? 내가 그랬습니까? 내가 그랬다고 생
각합니까? 그래서, 자존심이, 상합니까? 당신의 자존심은
어디에 있죠? 당신의 자존심을 이루는 것들은 무엇입니
까? 저 얇은 문도 박차고 나갈 수 없는 처참한 열셋을 앉
혀 놓고 넋두리를 빙자한 희롱을 하는 것이 당신의 자존
심인가요?

> 선생님, 나를 만지고 싶으세요? 나를 죽이고 싶으세요? 하고 싶은 것을 하세요, 하려면 제대로 좀 하세요, 선생님. 너는 아무도 만족시키지 못했듯이 강압조차 제대로 하지 못하네요. 조금, 안타까워요.

말해 보세요, 선생님.

어버버버 봄이에요. 들어 보세요, 선생님. 햇살에서는 노래가 쏟아져요. 들어올 구멍도 없는데 개나리를 삼킨 샛노란 햇살이 열네 개의 창문, 이라고 부르는 것을 통과해 쏟아져요. 빛의 숨이 보여요. 빛의 살이 보여요. 그것은 보면대를 반짝반짝 빛나게 하고, 까만 피아노의 가장자리 여기저기에 머무르고, 이윽고 파도치며 퍼져 가요. 봄빛살은 숨 쉴 곳이 없어요. 따뜻한 빛물살이 목까지 차올라 먼지처럼 떠다니는 보석을 세며 그 숫자에 맞춰 숨을 참아요.

하나.
둘.

셋.

넷.

다섯.

여섯.

일곱.

여덟.

아홉.

열.

열하나.

열둘.

열셋.

열넷.

열다섯.

열여섯.

천천히 세며 숨을 참아요.

너의 입술은 닫을 줄을 모르니까.

오백

> 오십

오.

의자 하나 정도의 간격을 두고 앉아 있다. 엄지와 검지를 맞대고 꼭 누른 두 손이 보인다. 의자 아래의 발은 발가락이 하얘지도록 아프도록 바닥을 눌러 딛고 있다.

너는 모르겠지.
나는 햇살을 언제까지고 삼킬 수 있다는 것을.
그러니까 징그러운 얼굴 좀 저리 치워 보세요.
나비야, 나비야, 이리 날아오너라.

짙은 회색에 검은 체크무늬 치마는 누가 디자인했는지 볼 때마다 별로예요. 씨발, 너의 입술은 얇고 옅은 갈색 보라가 조금 섞여 있네요. 눈동자는 빛이 없지도 있지도 않아요. 너의 빛은 너의 자존심을 밝히는 데만 쓰이나 봅니다.

이제 창가에서 책을 읽는 애인에게 다가갑니다. 그가 고개를 들어 무표정으로 올려다보고 이내 미소를 지어요. 나는 그의 아름다운 입술에 입을 맞추고, 그럴 때도 노래를 불러요. 나비야, 나비야, 이리 날아오너라. 정말 좆같지 않습니까?

수호자는 문을 벌컥 열어요. 나는 수호자를 이름으로 부를 수 없어요. 누구도 일을 크게 만들고 싶어 하지 않지만 이유는 서로 달라요. 상처를 남기지 않으려고 벌어진 곳들을 서둘러 덮어 버리려고. 너는 잘리지 않으려고 별 말 같잖은 말을 서둘러 뱉어 내요. 네가 가리고 싶어 하는 것은 뭐예요? 가능하다고 생각하세요? 칠백오십구. 수호자는 잘라 낼 힘이 있어요. 그러고 보니 수호자가 있네요, 나에겐. 너도 수호자, 있을 텐데요.

선생님, 지금 뭐 하시는 거예요? 네? 지금 뭐 하시는 거냐고요!

엄마! 그러지 마! 나는 그저 노래를 끝까지 부르고 싶

을 뿐이야, 그래서, 그래서, 끝나지 않는 노래를 부르기 시
작한 거니까, 나비야! 나비야! 이리 날아 오너라! 솔미미
미! 파레레레! 도미솔솔! 미미미이!

낙산공원

하낫둘셋 넷 다섯
여섯 일 곱 어 더어읽
아홉
열
열하나
열 뚤 열 셋 열
넷
열 다서어 열 여서어어
열 일고 옵 열
러더얼 열
아 호오오   스물 스물하나스물둘
스물 셋
스물
넷
슴다 슴여 슴읽
슴
아

섫

> 설 하 나 아
설 뚜 우 우 울
서른
셋
서른
넷
서른 다서엇
서른 여서
어 엇

서른 일
고오
옵
서른
여덜
서 른 아
홉
많
만

하나

만 둘
많
셋
만
넷

마흔

다서엇

마

흔

> 여 서
　　어
　　엇

　　마흔 일고

　　옵
　　마흔여덟 마흔아옵
　　오시입
　　오시　빌
　　오시
　　비
　　오십 사아
　　암
　　오십 사아아
　　오십오오오오십　　　　육

오십칠!

오십팔!

오십구! 육! 씹!

육씨비륙씨비육씹쌈묵씹사육씨보육씹뉵국씹칠륙씨팔
육씹 꾸

　칠

씹!

시

침을 발라 구멍에 집어넣었다
흐느적흐느적 잘 안 들어간다
올이 풀려서 잘 안 들어간다

형

내가 다 잘못했어 용서해 줘

다시는 그러지 않을 거라는 말을 왜 못 믿어

내가 그렇게 못 믿을 만한 일을 했어?

나는 형 사랑해 다른 사람이 아니라 너를 사랑한다고

걔는 그냥

안타깝잖아 그 정도는 해 줄 수 있잖아

너는 미안한 마음도 없어?

불쌍한 마음도 없어?

미안해 가지 마 이렇게 가면 내 맘이 어떻겠어

가지 마 너를 보낼 수

너를 이렇게 보낼 수가 없어

이 손을 놓으면

네가 가 버리면

나는 어떡하라고

사랑해 사랑해 미안해

잘못했어 내가 뭐에 씌었었나 봐

그 사람은 그런 게 아니라니까 몇 번이나 말해

그냥 같이 일하는 사이야

우리는 원래 그런 사이야

걔가 내 편의를 많이 봐줬다고

이 정도는 이해할 수 있는 거 아니야?

이 정도도 포용할 수 없어?

쓰다듬을 수 있는 거 아니야?

애도 질투하더니 이제는 동료까지 못 믿어?

퍽 퍽 소리가 나는 게 얼마나 거슬리는 줄 알아?

너무 말라도 이래서 별로라고

살 좀 찌우라고 했잖아

너를 보면 모든 것을 잊을 수 있어

내 과거도 내 추한 모습도

형

이렇게 갈 거야?

내가 너한테 그거밖에 안 돼?

잘못 밀친 거야 내가 그러려고 한 게 아니잖아

니가 조심하지 않아서 굴러떨어진 거야

니가 너무 가벼워서

침대가 작잖아 그냥 살짝 민 거야

답답해서

답답할 만하잖아 내 입장을 좀 생각해 봐

언제까지 안 한다고 할 거야?

왜 아무 말도 없어

울기만 하면 내가 네 마음을 어떻게 알아

나는 친구들한테도 다 말했어

너밖에 없다고 드디어 만난 것 같다고

나를 있는 그대로 받아 줘야지

누가 뭐라고 해도 내 말을 먼저 들어 줘야지

왜 마음대로 생각하고 마음대로 결론을 내

어젯밤에 좋았잖아 모든 게 다 마음에 들었잖아

그게 진짜야 그게 진짜라고

갚는다고 했잖아 지금 돈이 중요해?

너한테까지 손 벌리는 내 맘은 생각해 봤어?

내가 얼마나 괴로울지 상상은 돼?

이것만 해결되면 바로 갚을 건데 그걸 못 기다려 줘?

내가 지금 그래서 걔한테 맘도 없이 그렇게 잘해 주는
거잖아

다 생각이 있는 건데 너는 생각도 못 했겠지

너는 그런 애니까 다른 사람은 안중에도 없지

형 나 두고 가지 마 놓지 마

너 이 손 뿌리치면 후회할 거야

그런다고 네 맘이 편할 것 같아?

아니라고 아니라고 불 보듯 뻔한 일인데

너만 못 보는 거야 순간을 못 참아서 그러는 거야

어린애도 아닌데 참을 줄도 알아야 되는 거야

어른이 되라고 좀

진짜 형은 어른이 되려면 시간이 좀 걸리겠어

말로는 아무리 해도 못 알아듣어니까

하나하나 가르쳐 줄 수밖에 없잖아

나한테 왜 그래? 다 너 잘되라고 그러는 건데

내 맘을 왜 몰라주냐고!

전화 왜 씹었어! 친구랑은 통화하면서!

걔한테 그런 말은 왜 했어!

형 일을 내가 왜 다른 사람한테 들어야 되냐고!

왜 내가 화를 내냐고? 왜 내가 화를 내냐고?

모르겠어? 정말 모르겠어?

형. 형. 왜 연락이 안 돼? 형, 이거 들으면 바로 연락해.
나 좀 데리러 와 줘. 나 지금 병원이야. 이거 들으면 꼭 연락해 줘. 전화 한 통밖에 못 쓴단 말이야. 연락할 사람이 없어. 나 여기서 나가야 돼. 실수야, 얘네가 잘못 안 거야.

　형. 전화기 왜 꺼져 있어? 연락 왜 안 돼? 겨우 사정해서 전화하는 거야. 나 데리러 와 줘야 돼. 누가 사인해 줘야 나갈 수 있대. 받자마자 연락해. 당장 연락해. 나 보호자 없으면 일주일 동안 지켜봐야 된대. 제발 나 좀 꺼내 줘. 제발.

　형. 내가 일주일 동안 생각해 봤어. 전화 일부러 꺼 놓은 거지? 나만 블록한 거지. 크리스마스인데 이 개새끼야, 이 나쁜 새끼야, 니가 이제까지 한 말, 다 적어 놨어.

한량

동창 결혼식 축가
중에 지루했던지
친구는 돌아보며 넌
정말 한량이라고
했다 한량이 뭔데
한가한데 바쁘고
아무 일 없는데
느닷없이 뒹굴며
메에에에 우는 거
으음 듣고 보니 한량
맞는 것도 같다 나는
메에에에 메에에에

시

침을 더 발라 끝을 잡고 살살 비볐다
애먹으며 끼워 넣는나 뒤로 침 냄새가

오버나이트

엉덩이를 변기에 다 끼워 넣었는데도 오줌이 시트에 묻고
변기에서 일어나도 변기는 엉덩이에 끼어 있다

언제 머리가 새하얗게 세었지
입안에는 아들의 몸이 가득하다 어쩌지

모르는 사람들을 뿌옇게 수정시켰고
낳은 적도 없는데 사 열 종대로 헤쳐 모여서는
조금씩 나로 갈변하고

사람들은 말한다 젖꼭지를 자르면 살 수 있다고
그의 입술은
꾸역꾸역 한입에 통째로 넣고 즙이 밖으로도 목구멍으
로도 튀어나오지 않게 하기 위해 온몸의 근육과 혀와 입
천장과 이빨로 간신히 눌러야 할 만큼 풍만하다

풍만한 가슴에 얼굴을 파묻게 해 준다면
누군가 나를 위해 옷을 벗어 준다면

굴레

대신
굴을 낳았다 굴은
레레레레 흩뿌리며 날아올라
벌컥 왈칵 말했다
사랑하는 내 아이야 사랑하는 내 아이야
내 몸이 갈가리 찢겨도 개의치 않고
누구도 나처럼 너를 사랑할 수는 없단다
말해라
천지가 모두 나의 것이니
나의 권능 긍휼 자비는
마르지 않는 샘이니
말씀은 냄새로 피어나며 말했다
꼬리가 있는 컵이 너의 것이냐
그것의 사이즈는 XL이냐
알려 다오
그것이 필요한 날이냐
없어도 괜찮은 날이냐
선택하여라
신세계가 열릴 것이다

나의 창조에 낭비란 없다
나에게 실수란 없다
바득바득 우기는 꿀럭꿀럭은
철벅철벅 넘쳐 굴은 자꾸만 증식하고
굴레란, 굴레라는 변명으로 재생하여, 참으로 지겹구나

  변명 없는 무덤들로 꽃다발이 가득해, 흘릴 눈물도 없
는데 쭛

아이아이

아이와 아이는 하나로 합쳐졌다 아이아이를 떼 내려면 수술을 해야 했고 메스로 살을 갈라내어야 했는데 아이는 그것을 원하고 아이는 그것을 원하지 않아서 아이의 살을 갈라내는 것에 대한 동의가 일어나지 않았다 아이의 말을 들을 것인가 아이의 말을 들을 것인가 그 몸은 누구의 것인가 수술자는 알 수 없었다 결국은 인도적인 차원에서 아이의 몸을 떼어 내어야 한다는 재판 결과에 따라 아이와 아이를 떼어 내기로 하였는데 아이와 아이는 말했다 떼 내면 둘 다 죽을 것이라고 그러나 아이는 죽더라도 여전히 떨어지기를 원했고 아이는 죽고 싶지만 떨어지는 것은 바라지 않았으므로 수술자는 인도적인 차원에서 다시 고민했다 아이와 아이를 갈라내는 날 아이도 아이도 죽지 않았는데 아이는 떨어진 것에 대해서는 기뻐했지만 생각보다 기뻐지는 않았고 그 속에는 어떤 체념이 있는 것 같았으며 무엇보다 죽지 않았다는 사실에 절망했고 아이는 산 것과 나뉜 것에 좌절했으므로 아이아이를 아이와 아이로 나누는 것은 인도적인 차원에서 잘못된 결정이었을지도 몰랐다 아이와 아이를 다시 붙여 주기 위해서는 방금 떼어 내어 겨우 꿰맸던 살을 다시 한번 가

른 후 열려 있는 아이와 열려 있는 아이를 꿰매어 내어야
했는데 수술자는 피곤한 나머지 아이의 발과 아이의 머리
를 꿰매 아이와 아이는 머리 가슴 배가 거꾸로 합쳐지게
되었다 아이와 아이는 마취를 거부했으므로 아이와 아이
는 꾸벅꾸벅 조는 수술자와는 달리 이 상황을 온전히 자
각하고 있었으나 반대로 붙여진다고 해서 달라질 것은 없
는 것 같았으므로 발을 입에 끼워 넣고 눈을 발바닥에 붙
이고 아이의 구멍과 아이의 구멍은 하나로 꿰어졌으며 아
이는 아이를 먹고 아이는 아이를 먹이고 아이는 아이에
게 배설하고 아이는 아이에게 먹이고 아이는 아이에게 먹
이고 아이는 아이를 배설하게 되었다 먹고 배설하는 것은
아이아이 아이아이는 이편이 더 낫다고 생각하는 것 같아
서 완전히 잠에 빠져 버린 수술자를 영원히 자도록 내버
려 두었다

깰세라

밤에서 꿈새 성긴 빗이 엄마로 머리를 빗어 주었다

태양의 탄생 1

어느 날 보니 태양은
눈이 침침했다
나 잡아 봐라 수성의 얼굴도
낼름낼름 금성의 뒤통수도
눈에 거슬렸다

태양의 탄생 2

이때쯤 태양은 눈이 거의 멀어
지구의 쪼뼛쪼뼛 높이 솟은 가시
화성의 벌겋게 일렁대는 회오리
토성의 파랗게 날 선 고리 정도만
어렴풋이 구분할 수 있었다

태양의 탄생 3

태양은 흐릿하게 빛나며 신나게 팽팽 도는
작은 구슬들이 야속해서 눈물이 핑 돌았다

구슬들이

일렬이

되기를

기다렸다

오래오래

기다렸다

기다리다가

기다리다가

그 순간이 왔고

가작가작한 수성의 모래
쫀득쫀득한 목성의 달들
바삭바삭한 토성의 고리

모두를 차례로 하나씩 삼키고
화성의 마그마로 입을 헹구고
지구의 가시로 이를 쑤셨다

태양의 탄생 4

걸리적거리는 것들을
모조리 잡아먹었는데
태양은 계속 어지러웠다

내가 나이가 들어서 그런가?
정신없이 뛰어가고 끝도 없이 뛰어오는
얄미운 행성들 때문이 아니었나?

그러나 이제 태양의 주변에는
아무도 없어서 물어볼 수도 없었다

그때

거대한 입이
태양을 삼켰다
으적으적 씹었다

태양을 삼킨 더 큰 태양은
알갱이가 톡톡톡 터지며

즙을 내뿜는 작은 태양이
끝내주게 맛있었다

으적으적 씹히며
작은 태양은
그제야 알았다

큰 태양에게는 자신도
눈엣가시였다는 것을

태양의 탄생 5

눈이 멀기 전에
눈이 밝은 태양은
모든 것이 잘 보였다

새싹 위 이슬에 몸을 담갔다가
물고기를 낚아챈 백조의 부리에서 뛰놀다가
알 위로 거품을 내뿜는 꽃게의 집게발 위에 반짝이다가
코스모스 속에서 기분 좋게 흔들리다가
은행나무 열매의 냄새에 코를 틀어막았다가
눈에 스며들어 함께 신나게 휘몰아치다가

수줍은 달이 슬며시 얇은 손톱을 내밀면

서둘러 화성에 달려가
먼지구름을 주먹만 하게 돌돌 뭉쳐
끓어오르는 염산 연못에 퐁당퐁당
던지며 놀다가

태양은 도무지 잘 시간이 없었다

태양의 탄생 6

태양은 깊고 축축한 식도를 타고
이리저리 흔들리나가 여기저기 부딪히다가
조각조각나서 반대쪽에 뱉어졌다
반대쪽은 더없이 깜깜해서
다시금 눈을 질끈 감았다

꼭 감은 눈에서 조각조각 떨어진
눈물이 어둠을 조각조각 채우기 시작했다

태양의 탄생 7

조각 눈물이 모이고 모여
태양은 한 조각씩 조각조각 태어났다

곁으로 모여든 먼지들
하나둘씩 짝을 짓고
셋넷씩 짝을 짓고

제각기 다른 길로 다가왔다가
제각기 다른 길로 멀어졌다가
어느새 열네 개의 별들이
빙글빙글 숨바꼭질했다

태양은 기뻐서 오늘이 처음인 것처럼
오래된 눈을 반짝이기 시작했다

아이 대 아이

각자 얼마나 늙어 왔는지는 상관없는 일이다
서로의 앞에서 나시 아이가 된다

양팔 가득 꽃 대가리들을 수북이 안고
얼굴에 뿌린다
입속에 꽃잎을 가득 처넣는다

꼭꼭 씹어서 먹어
체하지 않게
먹고 나면 양치질 꼭 하고
30분 안에 양치질하면
산이 나와서 더 안 좋다더라
입을 먼저 헹구고
30분 있다가 하는 게 좋겠어
더 먹어 조금만 더 먹어

(그만 좀 해
그만 좀 하라고
꽃 알러지가 있다고

몇 번을 말해
내 말을 듣고는 있는 거야?
제발 제발 날 좀 내버려둬
아니 제발 내 얘기 좀 들어줘
너는 아무것도
아무것도
몰라
나는 을 먹지 않으면 잘 수 없어
나는 을 먹지 않으면 먹을 수 없어
나는 을 먹지 않으면 걸을 수 없어
나는 을 먹지 않으면 살 수 없어
나는 을 먹지 않으면 나로 존재할 수 없어
말할 수 없고 일할 수 없고 사랑할 수 없어)

아이는 그러나 입을 열면
목이 비틀린 닭처럼 온 구멍으로
눈물이고 내장이고 겨우 쑤셔 넣은

마저 다 쏟아져 나올 것 같아서

아이는 그러나 입을 열면
제발 (나를 좀 구해 줘)
제발 (나를 좀 받아 줘)

제발

(나를

있는

그들

대로

나를)

제발

(나를)

제발 (좀

받아 줘

안아 줘

꽃 같은 거 다

버려 버리고

꽃 대신 날

안아 줘

모르겠어?

내가 필요한 건

꽃이 아닌데)

제 발 (내 말

좀 들 어 줘)

아이는 그러나 그러면

아이가 꽃잎 하나 떨어뜨리지 않도록

팔이 끊어지도록

손가락이 미어지도록

관절을 늘리고

마디마디를 분지르고
박살 난 손으로 깍지를 끼고

한 아름 꽃 대가리를 끌어안은
헐떡이는 아이는
그제야

부러진 손의 고통을 알게 될 것이므로
그래서

아이는
(눈이 부풀어 오르고
입술이 부풀어 오르고
혀가 부풀어 오르고
목구멍이 부풀어 오르고
폐가 부풀어 오르고
심장이 짓눌려
파랗게 질릴 때까지)

꽃잎을 통째로
삼키고

(씹지도 못한 채)
또 삼키고

암술과 수술이 뒤섞인
피떡이 된 그 가시들을

봉오리째
삼킨다

이방인

나와

모여

소리와

숨을

새도

쥐도

모르는 새

죽이고

새 피로

젖은

목을

새로

축이고

웅성웅성

미동 없는 뒷모습은

거대하기만 하다 두 명씩

한 명씩 짝지어 등을 돌리고

감추지 않고도 감춘 표정으로

빈칸의 이방을 바라본다
어떤 이는 고개를 숙이고
바닥의 사방을 훔쳐본다

쭈그리고 앉은 그들의 무거운 옷은
때가 끼어 더욱 새하얗고 어렴풋이
그려 칠한 얼굴에는 눈코입도 없이
귀만 납작하게 돋아나 있으니

이유 없이 서로와는 얼굴을 맞추고 있으나
허공 가득 맞닿은 시선은 쇳덩어리가 되어
바닥을 가득히 메우고

낮밤을 모르는
색깔 없는 노을
그믐의 해 질 녘 바닥에
발과 엉덩이를 붙이고
무릎을 끌어안고
등을 돌리고

를 하고 하다 말고
를 하고 하디 말고
을 새고 새다 말고
를 업고 업다 말고
말없이 바닥 말을 나누고
있다

해도 달도 없이 오직
고요한 가운데 세 바다의 말을 삼켰을까
다만 얼굴의 전체로 바라보는 시선은 편편하고 육중한
등에 올려져
오직 그들만의 것이므로

나는 새로 세로로 뒷걸음치며

웅성 웅성웅성웅성

앙상한 뿌리에서 새 잎이 돋아나는 이방의 가지만 그들
을 꿰뚫고 나를 바라보누나

아이 대 아이

아이가 얼마나 아이를 아끼는지는 상관없는 일이다
아이는 아이 앞에서 하염없이 무너진다

아이가 아이를 위해서 할 수 있는 것이라고는
아이의 가시밭길을 머리채로 쓸어 주는 것
아이의 가는 길에는 왜 그토록 가시가 많은가
손에 가시를 주워 담아도 담아도
더 많이 담을 수 있도록 꼭 쥐고 또 쥐어도
꼭 아이가 덜어 내는 만큼 늘어나는구나

나는 고통을 낳았구나

차가운 고통을 녹여 보려 해도
닿은 곳마다 얼어 버리는구나

내 일을 대신해 주기를 절망하듯
바라며 허겁지겁 꽃봉오리를
꺾었다 애원하는 그들의 절규를 짓이겨
삼키면서 가장 연한 것들만 골라서 목을

땄다 이제 막 태어난 것들만 씹지 않아도
삼킬 수 있는 것들만

아이는 꽃에 질식한다

안다 알지만

아이가 아는 방법은 그것밖에 없고
아무것도 하지 않을 수는 없어서

피로 적신 꽃잎을 한 장씩 떼 내어
죽이 될 때까지 씹고 즙이 나올 때까지 짓이겨
아이의 손등에 가시를 꽂아 넣고 조금씩 흘려 준다

아이의 폐를 지나지 않고
아이의 심장으로 흡수되기를
아이는 간절히 바라면서

아이의 심장을 바꾸어 주려 해도

내가 가진 것은
더 이상 아이의 것이 아닌데

내 심장은 찔려도 알 수 없어
가시를 피하지도 못할 텐데

이름 없는 바람의 여행

　이름 없는 것들의 사이를 지나 이름이 있는 것에서 다른 이름이 있는 것으로 가는

　오랜만에 창 밖으로 바라본 세상은 넓었다 이름 모를 나무가 스쳐 지나가고 이름 모를 들판과 버려진 땅과 다리와 트랙터

　줄지은 포도나무
　줄줄이 매달린 포도
　하나의 열매도 이름을 알 수 없이
　단 하나의 열매라도 그 이름을 안다면
　단 한 그루의 열매들이라도 속속들이 들여다볼 수 있다면
　돌고래처럼 폴짝폴짝 뛰어놀 텐데

　무게 없이
　이름 없이 이름을 부르며
　이름 없이 네 곁을 스치는 것으로 족하여
　그저 그 밑을

늪과 벌거벗은 나무와 새파란 잎사귀와 떨어진 가지와 밑둥과 기울어진 나무와 하늘을 향한 나무와 제각기 이름 없는 곳에서 나와는 상관없이 서 있는 그들의 단 한 가지라도 내쉬는 숨을 비켜 그 옆에 머물 수 있다면

잘린 나무들 손질된 나무들 처음부터 언제까지나 제멋대로 자랄 나무들과 덩쿨들 그 아래 잠깐만 머물다 다시 돌아올 수 있다면

가지가 가지에 만드는 짧은 그림자
칠이 벗겨진 미끄럼틀
시체를 밟고 같은 곳을 맴도는 개미

사람이 만든 것에는 다 이름이 있다 이름 없이는 부를 수 없고 이름을 가지고서야 겨우, 그제야 겨우 존재를 지탱할 수 있는 듯하여

당신이 아직 있었다면

크쪽크쪽 몰찐몰찐
에야 고거 한 개 조바라
머신 게 고로코롬 꼬시냐 마
카로니? 마 뭐라 카더라?

시는 언제나
뜬 눈일 것

내 마음을 손에 든 너에게

꼭꼭 씹어서 삼켜 적어도 서른 번
형체를 알아볼 수 없을 때까지
그래야 영양소가 잘 흡수된대

새벽의 다른 이름은 없나요

깨어나 뺨을
때리는 기중기 누군가의 힘으로
차려진 아침 살을
갈라 내 집을
나서는 핏덩이
쏟아져 내리는 지하에
숨겨 둔 순면 위
흐드러진 쇳노래 봄바다 위
흐르는 반동강 꽁초 사당역
무념의 달음박질 정처 없이
나르고 날리는 나는 종이 박스에 싸인 짐
잊혀진 정거장
흔드는 땅바닥 꺼진 달 사백삼 버스의 창에는 신호등
서린 숨 숨 숨 자국 자국 손가락 손바닥 자국 자국 자
국 자꾸만
서는 지하철은 원래
그래
되뇌어 보지만 왜 그런 줄 다들 눈코입
다물고 눈코입

꺼내 재워 놨다가 꼭

눌러 끼우고 머리 가슴 배

움켜쥐고 젖은 날개

털어 말리고

조심해 잘못

하다간 선로를 달려

날아가게 될지도

모르니까

그러니

이름이 있다면 알려 주세요

이름이 있다면 알려 주세요

진다 지구 천천히 매일

먹던 된장찌개 오늘 눈을

부풀게 만들고 다래끼 난 눈을

감싸 쥐고 죄송해요 그곳에서 피가

흘러서 몇 번이나

내려야 했어요 화장실 찾아

헤매야 했어요 조금

늦을 것 같아요 이런 말까지

해야 하는 일용의 전장

용서해 주세요 찬장

을 열면 작은 바퀴들이 그릇 사이사이

저며 들어요 유기견은 소파에

달려들어요 한가득 그걸

싸 놨어요 그거 그 속에

뒹굴다가 냄새

벗고 옷

입느라 시간이 좀

걸렸어요 빈

속에는 냄새가 잘

배어서 꺼내 씻느라 시간이 좀

걸렸어요 꼬리를

잡고 꺼내야 하는데 꼬리를

잘라 버려서 미꿀미꿀 엉덩이를

잡아 빼는 데 시간이 좀

걸렸어요 어디로 오라고

하셨죠? 어디서 하라고

하셨죠? 언제까지 하다 가라

하셨죠? 밀린 이빨은 언제 입금된다

하셨죠? 못해도 콧구멍만큼은 주서야 숨은 돌릴 게 아니

겠어요? 지하에

솟아나는 핏물 속 숨을

참으면 시디신 파도에 감전

되었다 타이레놀 다섯 알을 한 번에

삼키면 탄 냄새는 조금

사라지니까 찢기는 살만이

탈락하니까 새살이

돋을 테니까 시동을 끄지

말아 보세요 조금만

기다려 보세요

그런 새벽을 뭐라고 하죠?

그런 새벽을 뭐라고 하죠? 새벽

이라고 말하지 마세요 내 팽개친 새벽을 안다고 새벽을

안다고 말하지 마세요

> 벗어 놓은 새벽에 목을

들이밀다가 아. 구멍을 잘

못 찾아서 팔이

늘어나 버렸어 아. 양말도

신기 전에 새벽을

입어 버렸어 뻑뻑해서 잘

벗겨지지도 않는 새벽에 왜 급히 발을

끼워 넣었을까 문까지는 너무

멀어서 창문으로 얼른

내려갈게요 시동을

끄지 말고

기다려 주세요 온갖 트럭 뒤죽박죽차곡차곡

쌓는쌓을쌓던쌓은 새벽을

쌓고쌓지만쌓다 만 새벽을 핸드 트럭 위에 다

끌어내리고서야 새벽을 뻘뻘

흘리고 훔치고 퉁퉁

불은 새벽의 그림자까지 운전석에 다

구겨 넣고 나서야 낙엽과 박스가 함께

춤추는 봄밤의 아찔한 목련

향해 떨며 돌아가고
있는데

그런 새벽을 뭐라고 하나요?
그런 새벽을 뭐라고 하나요?
말없이 그런 새벽을 새벽을
새벽을 끌어 내리게 해 주세요

비틀거리는 계단
비틀거리는 너를
조심스레 데리고 올라와 가로등과 하늘의 조도가
같아지면 새벽빛과
싸우는 간판 없는 보랏빛의 철문은 한쪽만 안으로
열려 있어서 너를 편의점 의자에 조심히
앉히고 이건 가짜 새벽
이야 새벽은 아직
오지 않았어 아직 푸른 어스름의 빛
젖어 이마에 흩어져 흩어져
흩어져 붙은 머리칼 플라스틱

손잡이 끝 걸쳐진 손가락이 바닥을
향하는 곳 그 자락에 잠시만
머물게 눈만
붙일 게 무늬만 대리석을
지나 무늬만 나무에
열린 무늬만 열매를
지나야만 했어 무늬를
벗겨 내고 무늬만 도금 무늬만 쟁반에 무늬만 속살을
조심히 담아
보기만 했어 무늬만 무늬인 너를
따 먹지 않도록
조심하면서 무늬만 팔다리를 조심히
옮겨 주면서

겨울 여름 구분할수없는새벽이 비틀 거리 면서 와
새벽의 이름을 알려 줄래? 새벽의 이름을 알려 줄래?

닿을 듯 말 듯 닿은
엄지의 면적이 넓어지고

손깍지가 이내 하나의 살로 돋아나는
새벽의 이름을 말해 줄래?

그렇게 올 것

타오르는 네온사인 온통 물에
가두고 투명해지는 섬광
사그라드는 유년의 전율
불어넣으며 아랑곳하지
않으며 빛껍데기를
둘러쓰고 맞춰지지 않는 균형을
밟으며 아슬아슬 멈추지 않는 눈을
감으며 돌린 눈을
감지만 눈을 감고
돌려도 살 고기 그림 자 비 뼈 밤 다귀 방 닫힌 불 꺼
진 문 떨어진 빛 가리지
않아 우린 온통 핑크색 하늘색 숨소리로
덧칠해서 속으로부터 밀려 나오는

새벽을 참을 수 있어
새벽의 이름을 참을 수 있어

잘 들어 봐

밤이 밝아 오면
개구리가 되어
고요히 달을 맞이하고
미요오옹 미요오오옹
고양이 소리 잠든 새벽을 깨우면
그때는 아무것도 가지지 않은 채
아무것도 남겨 두지 않은 채 포로롱
포로롱 날아가리라

맨몸으로 길을 나선다
어디로 가건대 캄캄한 무서움 속으로
폴 폴 폴
잘 들어 봐 폴 폴 폴
어두움이 저만치 뛰어가는 소리

굽어 끝이 보이지 않고
길은 단지 작게 속삭이네
나비야 나비야 이리 날아오너라
나비 그것은 우리의 이름

내가 가지고 가는 단 하나의 것

돌은 자라나지 못하고
조금씩 잠기기만 해
조금씩 깎여 나가기만 해
너는 더 이상 차르르르
차르르르 울지 않으리
물은 얼음을 녹이다 조금씩 얼음은 물을 얼리고
너와 나 그림자와 반사자 구분할 길 없는 거울 끝까지
기어 들어간다

그림자를 거슬러
우리는 태어나리라
아무의 도움도 없이 혼자서 태어나리라

김혜순(시인)

『백합의 지옥』은 시에서 정서적 만족을 느끼려는 독자를 멀리한다. 친숙한 의미로 귀결하라고 독려하는 시 장르의 관습을 배반한다. 최재원의 시에는 읽으면 읽을수록 읽는 사람을 흡입하는 날것의 미학이 있다. 처음엔 시언어의 낯섦과 문장의 거칢, 4음보 리듬에 오히려 주춤거리지만 곧 시들 안에 잠겨 버린 자신을 발견하게 될 것이다. 이 시집은 침묵과 수다, 서사와 서정, 노래와 논설 사이를 오간다. 화자의 목소리는 세대와 성별을 막론할 뿐 아니라 '눈이 먼 태양' 같은 사물까지 다양하게 등장한다. 이 화자들이 푸가, 서정시, 이야기시, 동화, 코러스, 우화, 오페라, 노래 가사, 노래 이어 부르기, 로맨스 소설, 독백, 숫자 세기, 논문, 에세이, 드라마, 일기 같은, 글쓰기로 할 수 있는 모든 장르를 총망라하여 속삭이고, 떠들고, 웅성거리고, 부르짖고, 침묵한다. 그 사이로 한국어의 의성어, 의태어 들이 광적인 지속성으로 시공간을 망라한다. 그리하여 이 시집은 내용과 형식의 절묘한 결합이라는 시 장르 법칙의 암묵적인 교환관계를 파토 낸다. 비선형적 시간 축을 활강하는 다층 내러티브로 시적 매개물들을 파편화시키고 해석을 거절한다.

『백합의 지옥』은 초장르의 다원적 집합체라고 할 수 있다. 시인은 복수의 자아가 동시다발적으로 내지르는 유희적 발성들로 관습적인 시의 문체를 탈바꿈하는데, 그것은 시인이 자신의 시의 근저에 장르의 미결정성을 두고 있음을 시사한다. 시인의 이런 글쓰기는 기존의 시에 대한 역사적 분류 체계에 저항하는 것이기도 하면서, 우리가 "근사치의 세계"(「10장」)에 살고 있다는 사실을 드러내는 것이기도 하다. 우리가 인식을 매개로 한 객관 현실의 세계에 살고 있지 않다는 것이다. 시의 화자가 "나는 모든 고정된 것들을 이해하지 못했어. 어떤 형태로든 먹어야 생명이 유지된다는 것, 성별, 계급, 돈, 직업, 가족, 사회, 국가, 관계, 동물, 지구, 삶, 그 무엇도 이해하지 못했어. 나는 모든 것을 거부한다."(「식탁 위에 쪽지가 놓여 있었다 몇 장이 가지런히」)라고 한 것이나 "세상은 노래를 부르며 목련 향기로 부풀어 오르는데 저는 오로지, 모든 것을 터뜨리고 모두는 저를 조금씩 뜯어내고야 말 것입니다"(「10장」)라고

한 것에서 나타나듯 이 시집은 우리에게 기왕의 시 미학에 근거한 판단보다는 다른 시론을 요구한다. 또한 기왕의 리얼리즘적 시각, 객관성에 대한 의문을 제기한다. 시인은 시가 경계가 없는 장르라는 듯, 장르 문법의 전복과 창의적인 장르 유희가 본래의 시라고 주장하는 듯 시를 발화한다.

지은이 **최재원**

거제도, 창원, 횡성, 뉴욕 그리고 서울에서 자랐다.
프린스턴대학교에서 물리학과 시각 예술을, 럿거스대학교
메이슨 그로스 예술학교에서 그림을 공부했다. 2018년
*Hyperallergic*을 통해 미술 비평 활동을 시작했다.
한영·영한 번역과 감수를 하고 있다.
첫 시집 『나랑 하고 시픈게 뭐에여?』로 제40회 김수영
문학상을 수상했다.

백합의 지옥

1판 1쇄 찍음 2024년 10월 18일
1판 1쇄 펴냄 2024년 11월 1일

지은이 최재원
발행인 박근섭, 박상준
펴낸곳 (주)민음사

출판등록 1966. 5. 19. (제16-490호)
서울특별시 강남구 도산대로1길 62(신사동)
강남출판문화센터 5층 (06027)
대표전화 02-515-2000/ 팩시밀리 02-515-2007
www.minumsa.com

ISBN 978-89-374-0945-5 (04810)
      978-89-374-0802-1 (세트)

* 잘못 만들어진 책은 구입처에서 교환해 드립니다.

민음의 시

민음의 시
목록